恋のルールは絶対服従！

「あ、あ、先生、先生ぇ」

ねだるように呼んだつもりだが、愛撫の手は緩みがちだ。もっとしてほしいのに、どうしてしてくれないのか。ぱんぱんに腫れた性器が痛い。全身がずくずくと疼くようで、とても辛かった。

「お、おねがい、先生……」

恋のルールは絶対服従！

名倉和希

16674

角川ルビー文庫

目次

口絵・本文イラスト／タカツキノボル

「不味《まず》い」

カップに唇《くちびる》をつけ、ひとくち飲んですぐに顔をしかめられた。しかめた顔がなまじ整っているだけに、自分が淹《い》れた紅茶が死ぬほど不味いと言われているようで、輝季《てるき》は泣きたくなる。

「……不味いですか？」

「ああ、不味いな。これは人間の飲み物じゃない」

容赦《ようしゃ》なく最低の評価を投げつけてくるのは、黒宮一俊《くろみやかずとし》という男だ。三十五歳という若さながら国立大学の准教授《じゅんきょうじゅ》で、昨日から輝季の同居相手になっている。正確には、黒宮のマンションに輝季が転がりこんでいる状態だ。

百八十センチの長身を頑丈《がんじょう》そうなソファにあずけ、黒宮は長い足を優雅《ゆうが》に組んでいた。上品で端整《たんせい》な顔は一見、冷たい印象だが、生気と色気を放つ目がそれを絶妙《ぜつみょう》に中和している。

テレビのワイドショーでコメンテーターとしても活躍《かつやく》する黒宮は、ファンの一部から「黒宮様」と呼ばれるほど、そこにいるだけで他人に威圧感《いあっかん》を与《あた》える人間だった。

大学を卒業したばかりで社会人一年目のまだまだ青い輝季からしたら、黒宮は雲の上の存在のようなものだ。命じられたことが上手にできなくて叱《しか》られても、ささいなことでいじめられても、抗議《こうぎ》したり言い返したりすることはできない。そもそも、黒宮に反抗《はんこう》することは許されていなかったりする。輝季は会社の上司に命じられて、黒宮のマンションに来ているのだから。

「淹れなおせ」

「…………はい」

ウェッジウッドの上品なティーカップを突《つ》き返され、輝季はしょぼんと受け取った。

「何度の湯で淹れた？」

「え…………、何度と言われても…………」

いちいち温度をはかっているわけではないのでわからない。やかんの中に温度計をつっこめばいいのだろうか？

「紅茶は熱湯で淹れる。まさか沸騰《ふっとう》していない湯をポットに注いだんじゃないだろうな」

「えっ、熱湯？　俺、八十度くらいでいいのかと……」

「玉露《ぎょくろ》じゃないんだ。紅茶は沸騰した湯を一気に注ぐ。ジャンピングといって、ポットの中で茶葉がくるくると舞《ま》うと、じゅうぶんに開いて美味《おい》しいお茶ができる」

「へぇ～……」

感心して頷《うなず》いていると、黒宮が呆《あき》れたような目で見てきた。

「君はそんなことも知らなかったのか。とんでもないもの知らずだな」

「す、すみません……」

輝季は慌《あわ》ててぺこりと頭を下げた。

「でも俺、実家暮らしで家事の一切《いっさい》を母と祖母にまかせてきたから、なにもできませんって、最初に会ったときに言いましたよ」

「聞いた覚えはあるが、それから何日もたっている。すこしは勉強したかと思うだろう。まさか、家事についてなにも勉強していないのか？　仕事としてここにきたのに？」

「うっ」

黒宮のストレートなつっこみに、輝季は言葉を詰《つ》まらせる。唇の端《はし》をきゅっと上げて、黒宮は楽しそうに笑った。

「君は本当に困った顔が良く似合うな」

嬉《うれ》しくない。そんなこと褒《ほ》められても……。

「ほら、紅茶を淹れなおしてこい。上手にできなかったら、できるまで何度もやりなおせ」

ここはスパルタのお茶教室か？　がっくりと脱力《だつりょく》するあまり、輝季はうっかり高価なティーカップを落としてしまいそうになった。

「落とすな」

「は、はいっ」

焦《あせ》りまくっている輝季を、黒宮は難しそうな表情でじっと見つめてきた。

「そうだな…。そろそろペナルティを決めないといけないか」

「ぺ、ペナルティ、ですか？」

「君はかなり不器用で、いろいろと失敗が多そうだ。なんらかのペナルティがなければ、ろくに家事を覚えられないのではないか？」

「そんなことは……」

ないとは言い切れない輝季だ。不器用だからこそ、実家ではだれも輝季に手伝わせようとしなかったのだから。

「ペナルティなんて呼び方は面白《おもしろ》くないから、おしおきと称《しょう》することにしよう」

「お、おしおきっ？」

思わず声がひっくり返った。おしおきなんて、声に出すだけで恥《は》ずかしい単語だ。もう子供じゃない。黒宮がいったい輝季にたいしてどんなおしおきをするというのだ。

「おしおきはいやか？」

「いやですっ」

「だが私の求めたことができなければ、仕方がないだろう。完璧《かんぺき》に成し遂《と》げることができればいい」

「無理ですっ」

「無理？　そうかな。私は一般《いっぱん》常識の範囲《はんい》内のことしか求めていないが？」

そう言われてしまうと、輝季は大きな声で反論はできない。

「昨夜、私が君に頼《たの》んだのは、風呂《ふろ》の用意だった。突拍子《とっぴょうし》もないことではないだろう？」

「それは、そうですけど……」

「だが君はできなかった。風呂に湯をはることすらできないなんて、君はいったいどんな育てられ方をしてきたんだ？　とても不思議でならない」

昨夜もそう言われてねちねちと叱られたことを、輝季は思い出して唇を噛《か》んだ。

「ペナルティは必要だ。なんらかの罰《ばつ》がなければ、君はきっと学ぼうとしないだろう。おしおきが嫌《いや》ならば、頑張《がんば》って家事を覚えることだ」

「で、でも……」

同居初日の昨日、輝季は初仕事として風呂の用意をするように言われ、最新式の風呂機能の使用方法がわからずにおろおろしてしまった。サニタリーの棚《たな》に取扱《とりあつかい》説明書があったのだがそれに気付かず、三十分たっても用意することができなかった輝季に、黒宮はさんざん役立たず呼ばわりをし、輝季を涙《なみだ》ぐませたのだ。

「とりあえず、美味しい紅茶を淹れてくれ。早急に」

「はいっ」

急いでキッチンカウンターを回りこもうとしたとき、黒宮が余計なひと言を口にした。

「上手に紅茶を淹れることができたら、おしおきではなくて、ご褒美《ほうび》をあげようか」

「ご褒美ですか？」

「そうだ。その体にね」

なんですと？　と思いっきりふりかえった輝季の肘《ひじ》が、カウンターに当たった。ティーカップがするりと手をすり抜《ぬ》けていく。あっと思ったときにはもう、高価なティーカップは床《ゆか》で派手な破壊《はかい》音とともに割れていた。

愕然《がくぜん》と立ちつくす輝季は、ゆっくりと近づいてくる黒宮の足音を聞いた。

「……割ったね？」

返事ができない。輝季はのろのろと顔を上げ、涙目を黒宮に向けた。

大切だから大事にするようにと言われていたティーカップを割ってしまったのに、黒宮はなぜか嬉《うれ》しそうに笑っていた。

「私のカップを割ってしまったね？　君の不注意で」

「……すみません……」

「おしおき決定」

「す、すみません、すみません、すみませんっ」

「おいで」

おいでもなにもない。黒宮は棒立ちの輝季をひょいと横抱《よこだ》きにすると、リビングの二人掛《が》けのソファにぽいと放った。

あまりの無造作ぶりに、米俵かマネキンにでもなった気分の輝季だ。

「うわぁ」

「あの、黒宮先生っ、紅茶は？　飲みたかったんじゃないんですかっ？」

「あとでいい。まずはおしおきだ」

「おしおきって、なにをするんですかっ。こんなところで、なに、なにをっ」

「静かにしなさい」

「んっ……」

唇《くちびる》を唇で塞《ふさ》がれた。まさかのキス。輝季にとってはファーストキスだ。

「んーっ、んーっ」

必死でもがいたが、黒宮は体重をかけてきて輝季の抵抗《ていこう》を封《ふう》じる。さらに歯列を割って舌が侵入《しんにゅう》してきて、びっくりした。あまりの驚《おどろ》きに抗《あらが》うことを忘れ、黒宮の舌の動きに気を取られてしまう。

ねっとりと口腔《こうこう》を舐《な》められて、輝季は目を白黒させた。さらに上顎《うわあご》をくすぐるようにして舌でなぞられ、「んっ」と甘ったるい声が鼻から漏《も》れてしまった。われながら恥ずかしい声に、ハッとする。なんとか離れようと、両手で黒宮の肩《かた》をぐいぐいと押した。

「痛いな。そんなに押すな」

抵抗されて心外だとでも言いたげな表情に、輝季は自分の方が悪いことをしたような気分になってしまい、慌ててそれは違《ちが》うと首を横に振《ふ》った。

「やめてくださいっ。あの、カップを割ったのは確かに俺が悪いんですけど、それでどうしておしおきがキ、キ、キス……なんですか」

キスと口にするだけで恥ずかしい。輝季が頬《ほお》を真っ赤にして抗議《こうぎ》するさまを、黒宮は悪戯《いたずら》っぽい目で上から見下ろしていた。

「私にキスされるのは嫌か？」

「嫌とか、そういう問題じゃないです。こんなの、仕事を盾《たて》に、こういうことを強要するのは、あの、その……」

「セクハラというんだ」

「そう、そうです」

頷《うなず》いてから、ムッとして黒宮を睨《にら》む。この男はわかっていてやっているのか。

「私を訴《うった》えるか？　原稿《げんこう》を盾に性的ないやがらせをされたと？　でもそんなことをしたら、確実に私の原稿は手に入らない。君の大切な社長と会社が困るんじゃないのか？」

「うっ……」

にやにやと笑いながら輝季側の事情をつつかれて、なにも言えなくなる。

「恩田君、私の質問に答えたら、今夜はここまでにしてあげよう」

「……質問？」

「いまのキスは、もしかしてファーストキスか？」

指摘《してき》されて、輝季は額から首までをカーッと真っ赤に染めた。二十三歳にもなって経験がないことが、黒宮にはお見通しだったのか。

「君は本当に楽しいな」

「俺は楽しくありませんっ」

涙目でわめいてみたが、黒宮は声を上げて笑うだけだ。

これから毎日がこんな調子なのだろうか。黒宮の原稿が上がるまでという約束の同居は、いったいいつまで続くのだろうか。

輝季は暗澹《あんたん》たる思いに、目の前を暗くしたのだった。

◇

恩田輝季は社会人一年目の二十三歳。千葉の実家で母と祖母と穏《おだ》やかに暮らす、ごくごく普《ふ》通《つう》の一般人だ。父が子供のころに亡《な》くなっているので寂《さび》しさを感じたことはあったが、母と祖母がとても可愛《かわい》がってくれたので、卑屈《ひくつ》になって世を拗《す》ねることもなく、まっすぐにすくすくと育った。

父が出版社に勤務する編集者だったこともあり、輝季は子供のときから自分も出版関係の仕事につきたいと思っていた。その夢は、父の古い友人である辻ノ上寛《つじのうえひろし》という人物が社長を務めるツジ出版が採用してくれたときに、現実となった。

ツジ出版は中堅《ちゅうけん》の出版社で、出版不況《ふきょう》が叫《さけ》ばれる昨今だが、堅実《けんじつ》な経営で生き延びている会社だ。文芸から実用書、ロマンス小説まで、すこしでも売れそうな本を色々と扱《あつか》っている。節操がないと業界内では陰口《かげぐち》を叩《たた》かれることもあるようだが、不景気をしたたかに生き抜く知恵《ちえ》だと称賛《しょうさん》する声もあるらしい。

大学を無事に四年で卒業し、輝季は編集者になった。とはいえ、一年目はまだ見習いであり、先輩《せんぱい》編集者たちの雑用係だ。

いつかは編集者としてばりばり仕事をし、ベストセラーを世に出したいと、希望に胸を膨《ふく》らませている。いまは何事も勉強の日々。先輩たちの雑用を引きうけながら、輝季は潑剌《はつらつ》としていた。

そんなある日のこと、輝季はツジ出版の編集長でもある辻ノ上に呼ばれた。

辻ノ上はひょろりと背が高い、亡くなった父と同い年の五十五歳だ。分厚い眼鏡の向こうには、おっとりして見える細い目がある。

輝季にとっては父親のような頼《たよ》りがいのある温かな存在だが、先輩編集者たちはシビアな経営者であると口を揃《そろ》えて言う。会社のためならなんでもするらしい。輝季はまだ、そういう辻ノ上を見たことがなかった。

「いまから黒宮一俊先生と打ち合わせがある。テルちゃんもついておいで」

子供のときから知り合いだった辻ノ上は、輝季のことをテルちゃんと呼ぶ。それを真似《まね》て、先輩たちがみなテルちゃんと呼び、社内であっという間に定着してしまっていた。

たしかに輝季はその呼び名が似合う容姿をしている。

身長は平均に届かない百六十五センチと小柄《こがら》で、社会人になったいまでも高校生に間違《まちが》われるような童顔。母と祖母に大切にされた一人っ子だからか、穏やかな性質がふんわりとした笑顔《えがお》によくあらわれていた。

「黒宮先生の打ち合わせに、俺なんかがくっついていってもいいんですか？」

いまをときめく文化人である黒宮に会えるのかと、輝季は瞳《ひとみ》を輝《かがや》かせた。

黒宮は国立S大人文学部の准教授《じゅんきょうじゅ》だ。三十五歳で独身。百八十センチのすらりとした長身の持ち主で、目鼻立ちが整った男前だった。

何年か前からテレビのワイドショー等にコメンテーターとして登場するようになり、その端整《たんせい》な容姿と鋭《するど》い舌鋒《ぜっぽう》が人気を博している。

昨年、ツジ出版は黒宮の本を出した。

まったくツテがなかった黒宮に接近し、信頼《しんらい》を得て、原稿を書かせることに成功した辻ノ上の手腕《しゅわん》には、日本中の編集者が脱帽《だつぼう》した（辻ノ上・談）という。もちろん、輝季も感心した一人だ。

黒宮の専門は文化社会学で、住居をただの物理的な空間としてではなく、人格形成に影響《えいきょう》を与《あた》える、情報やコミュニケーションを作りだす空間としてとらえる研究をしている。

昨年の本は、専門家対象の難解な研究論文を、かなりくだけたわかりやすい内容にしたものだった。

人気四コマ漫画家《まんがか》がコラボして、面白《おもしろ》おかしく笑いに絡《から》めたのも一般《いっぱん》人にウケた。昨年のベストセラーランキング五位にくいこみ、ツジ出版の懐《ふところ》を潤《うるお》わせたのだ。

二匹《ひき》目のドジョウを狙《ねら》うと、つい先日の編集会議で辻ノ上が宣言していたのを、輝季は克明《こくめい》に覚えている。すでに黒宮は原稿執筆《げんこうしっぴつ》を約束してくれたらしい。

「テルちゃんは僕のそばに控《ひか》えているだけでいいよ。新人だから勉強に来ましたって最初に頭下げておけばいい。黒宮先生は大学で若い子を相手に教えているわけだから、テルちゃんみたいな年代の子には慣れてると思うよ」

「そうです、よね……」

輝季はテレビで見る黒宮しか知らない。

殺人犯の住居の見取り図から冷静に性格を読み説いたり、漢字が読めない女子アナに痛烈《つうれつ》な皮肉を言って泣かせたり、「ふふん」という感じでカメラに向かって流し目を送ったり——といった、いままでの文化人とは一風違ったキャラが売りの黒宮は、ファンから「黒宮様」と呼ばれている。

噂《うわさ》…というか、もう当たり前の認識《にんしき》になりつつあるが、黒宮はSだと言われている。

それがテレビの前だけの作られたキャラなのかどうか、輝季はまだ会ったことがないので知らない。だが何度も会ったことがある辻ノ上が大丈夫《だいじょうぶ》だと言うなら、輝季がついていっても大丈夫なのだろう。

「じゃあ、出かける用意をしておいで」

「はいっ」

輝季は元気に返事をして辻ノ上についていったのだった。


打ち合わせは、豊島《としま》区にあるS大学近くのレストランで、個室を借りて行われた。食事をしないのに、黒宮のためなら個室を空けてくれるという店だ。

初対面の黒宮は、テレビよりもずっと格好よくて、輝季はしばし見惚《みと》れた。さすが有名人といおうか、輝くばかりのオーラがあるように感じる。今夜、帰宅したら母と祖母に自慢《じまん》しようと、にこにこ笑いながら自己紹介《しょうかい》した。

「恩田輝季といいます。今後ともよろしくお願いします」

ぺこりと頭を下げた輝季を、黒宮は「ふーん」という感じで見下ろしている。輝季の同席に関して特にコメントはなかった。辻ノ上に促《うなが》され、横の席にちょこんと座る。

「黒宮先生、本日はお忙《いそが》しい中、わざわざお時間を割《さ》いていただき、ありがとうございます」

辻ノ上がぺこりと頭を下げると、黒宮は軽く頷いた。二十歳以上も年下だが、辻ノ上にとって黒宮は大切な先生だ。年齢《ねんれい》など関係ない。

「前作はツジ出版にとっては異例のベストセラーになりました。ありがとうございました。次作は、テレビでも人気の黒宮先生の恋愛《れんあい》観みたいなものを語っていただく予定です。恋愛を絡めた文化社会学的住居論ですね。不都合がなければ、ぜひ先生の過去の恋愛話も書いてください」

辻ノ上がにっこり微笑《ほほえ》みながら切りだすと、黒宮はわかっていると頷《うなず》く。次作のテーマはすでに黒宮と何度か話し合って決定していたはずだから、確認しただけだろう。

「では、こちらをご覧ください――」

辻ノ上がテーブルに広げたのは、年代別の女性の恋愛観を調査してまとめたものだ。十代、二十代、三十代、四十代まで。さらにいくつかのタイプに分けられて、表になっている。一カ月かけてネットでアンケートを集めた。雑用係の輝季はかなりの部分、集計を手伝った。

「先生のご指示通り質問を作成してアンケートを集めた結果、このようになりました」

「ああ、なるほど……」

黒宮はじっくりと調査結果を見つめ、頷いたり、赤ペンでチェックを入れたりしている。

「なかなか良くできたアンケート結果の報告書だ。私の調査と比較《ひかく》しても見劣《みおと》りしない。ぜひ参考にさせてもらおう」

「ありがとうございます」

黒宮に褒《ほ》められて、辻ノ上は嬉《うれ》しそうに恐縮《きょうしゅく》している。集計にかかわった輝季も嬉しい。

「何人かの回答者とは連絡《れんらく》が取れるようになっています。先生がお望みなら、彼女たちの実際の暮らしぶりを見せてもらえるように話がつけてありますが、どうなさいますか」

「それはいいな」

辻ノ上の用意周到《よういしゅうとう》ぶりには、輝季も驚《おどろ》いた。かゆい所に手が届くと言えばいいのか、まさに編集者の鑑《かがみ》だろう。さすが辻ノ上だ。

さらに具体的な内容を検討しはじめる二人を、輝季はいささか緊張《きんちょう》しつつ黙《だま》って見守っていた。

話が脱線《だっせん》しそうになると巧《たく》みに引き戻《もど》す辻ノ上は、やはりベテラン編集者だと輝季は感心する。この場に連れてきてもらってよかったと、とても勉強になると、輝季は辻ノ上に感謝しながら目をきらきらと輝かせた。

黒宮からの提案も盛り込み、おおよその内容がまとまったのは、一時間ほど後のことだった。

「いい本になりそうです。原稿《げんこう》が楽しみですよ、先生」

「ひとつ頼《たの》みがあるんだが」

「なんでしょう？」

黒宮の視線がつつ…と輝季に移った。ほんの一メートルほどの距離《きょり》でイケメンの偉《えら》い先生に凝視《ぎょうし》され、輝季はおろおろと目を泳がせた。

やはり信頼関係が結べていない自分などが打ち合わせに同席してはいけなかったのだろうか。機嫌《きげん》を損《そこ》ねてしまったのだろうか。

動揺《どうよう》している輝季を、黒宮は容赦《ようしゃ》なく視線でつつき回している。

「私はいま一人暮らしだ」

「はい、存じ上げています」

辻ノ上が頷いている。

「実は十五歳のときから一人暮らしをしている。それ以前は父親と二人暮らしだった。私が中学卒業すると同時に、父は海外へ単身赴任《ふにん》した」

「そうだったんですか。いろいろとご苦労がおありだったんですね」

うんうんと、静かな表情で頷いている辻ノ上。

「もう二十年も一人で暮らしている。寮《りょう》に入ったこともなければ、だれかと同居したこともない。恋人《こいびと》と同棲《どうせい》したこともない」

黒宮はテーブルに肘《ひじ》をつき、頬杖《ほおづえ》をつきながらもじっと輝季を見つめている。居心地《いごこち》悪いことこの上ない。

「そんな私だからこそ、住居というものにこだわって研究しているのかもしれない」

辻ノ上は相槌《あいづち》を控え、だからなに？　という顔になっている。

「原稿に取りかかるにあたって、だれかと同居して、その空気を肌《はだ》で感じたいと思うのだが、どうだろう」

「それはもちろん、先生が書きやすいようにしてくださってかまいませんよ」

「この子を借りたいと言ったら？」

くい、と顎《あご》で示されて、輝季は「はい？」と首を傾《かし》げた。いまなにか、とんでもない希望を出されたような……。

「この新人ですか？」

さすがの辻ノ上も驚いたのか、眼鏡の奥の細い目が若干《じゃっかん》、見開かれている。

「ちいさくて、静かで、この子なら部屋の中にいても邪魔《じゃま》にならないだろう。清潔感は及第点《きゅうだい》だし、なにより——小動物のようでかわいい」

ニヤリと黒宮が笑った。なにかを企《たくら》んでいるような、毒を含《ふく》んだ笑《え》みだった。

「いいですよ。どうぞ、この子でよければ」

「えっ？」

辻ノ上があっさりとOKを出してしまった。輝季本人の意思を訊《たず》ねることもなく。

黒宮も輝季の意思の確認は必要としないのか、「ありがたい」と鷹揚《おうよう》に頷いた。

「ええっ？」

輝季を無視していることを、どうして二人とも疑問に思わないのか。

「ちょっ、待って、待ってくださいっ」

「そのかわり、平日はきちんと出社させてください。新人でも仕事はあるので、抜《ぬ》けられると編集部が困ります」

「それはもちろん。私のマンションで寝泊《ねと》まりしてくれるだけでいい」

「いつからがいいですか？　今日？　明日から？」

「編集長っ、俺の都合は……」

どんどん話が進んでいく異常事態に、輝季はひとり、動揺するばかりだ。

「荷物の準備などもあるだろう。今日すぐというわけにはいかないだろうから、明日からでいいか？」

「わかりました。準備させます」

「じゃあ、よろしく」

「原稿を楽しみにしています」

輝季が茫然《ぼうぜん》としている間に、あれよあれよと商談（？）がまとまってしまう。黒宮がレストランの個室を出ていくと、辻ノ上はやっと「帰るぞ」と輝季をまともに見てくれた。

「編集長、なに勝手に決めてんですかっ。どうして俺が黒宮先生のところに――」

「決定事項《じこう》だ。四の五の言うな」

辻ノ上はきっぱりと厳しい口調で命じながら、輝季の強張《こわば》った頬《ほお》を手のひらでぺちぺちと叩《たた》いてきた。微笑んでいるけれど、本心から笑っているわけではないらしい。目が怖《こわ》い…。

これは逆らったらマズイかもしれない。クビになったほうがマシ、と思えるほどの過酷《かこく》な取材に行かされるかも。

ここは従順に受けておいたほうがいいのか——。

原稿のためなら手段を選ばないという辻ノ上の評判は真実だったのかと、輝季はいま知った。

「あ、あの、あのあの、俺はどうすれば……」

「いまの話を聞いていなかったのか？　明日から先生のマンションで寝泊まりするんだ。今日はもうこのまま直帰していいから、お母さんとお祖母ちゃんに事情を説明して、荷造りしなさい」

ふーやれやれ、と打ち合わせが調子よく終わったことに満足そうな辻ノ上を、輝季は唖然《あぜん》と見上げるしかない。

黒宮様と呼ばれている文化人と同居？　その黒宮様の去り際《ぎわ》の怖い笑みはなに？　いったいどんな暮らしぶりなんだ？　そもそも自宅マンションはどこ？

まだ混乱している輝季に、辻ノ上はさらなる衝撃《しょうげき》発言をした。

「ああ、そうそう、言っておいたほうがいいかな。先生は世間でSだと言われているけど…」

「あ、はい」

じつはあれはテレビ用のキャラで、とっても優《やさ》しい先生なんだ——という流れかと期待したが、ちがっていた。

「マジでSだから。しかも男女かまわずのバイ。手を出されることを覚悟《かくご》しておいた方がいいかな」

「えっ……えっ……えーっ！」

輝季は本気で叫《さけ》んでしまった。まるでかの有名な絵画、ムンクの「叫び」のような形相になっている輝季に、辻ノ上は仮面のような冷たい笑顔できっぱりと命じてくる。

「原稿のためだ。会社を潰《つぶ》したくなかったら、セクハラくらい我慢《がまん》しなさい」

父親代わりと慕《した》っていた人間にそんな非道な命令をされ、かなりのショックを受けた輝季だ。けれど、性的な経験がまるでなかったため、今後受けるかもしれないセクハラというものの具体的な想像がまったくできていなかった。

もし想像することができていたら……クビを承知で黒宮のマンションに行くことを拒否《きょひ》していたかもしれない——。

辻ノ上に命じられて、輝季は千葉県の実家にそのまま帰った。夜勤明けで家にいた母と、祖母に事情を説明する。

「会社の事情で、しばらく作家の先生の自宅で寝泊まりすることになったから」

「あらまあ、大変ね」

小柄《こがら》で丸顔の母・道子《みちこ》と、その道子にそっくりの祖母・ミツは、突然《とつぜん》の話にぱちぱちと瞬《まばた》きをしている。

千葉県の片隅《かたすみ》にある実家は、持ち家だが敷地《しきち》はわずか三十坪《つぼ》。ミツの実家があった場所で、戦前からの家は道子が結婚《けっこん》して輝季が生まれたときに、今の家に建《た》て替《か》えられた。父は婿養子《むこようし》ではなかったが、マスオさん状態だったわけだ。

実家の地域は、かつては田畑が広がる田舎《いなか》だったが、いまではベッドタウンとして人口が増え続けている。都心まで通勤時間は一時間ていどなので、便利だからだろう。

こんなに住宅が密集する前に、敷地を広げるべく、周囲の土地を購入《こうにゅう》すればよかったのだが、二十年前、輝季が生まれた直後のころの父の給料では、建て替えることで精一杯《せいいっぱい》だったらしい。庭と呼べるような場所はなく、三階建ての細長い家だ。一階がミツの部屋で、居間は二階にある。

輝季が帰ったとき、母と祖母は二人でこたつを囲みながらミカンを食べていたようだ。年末にやっと地上デジタルにきりかえたばかりの薄型《うすがた》テレビには、平日昼下がりのワイドショーがつけられていた。

看護師の道子は某量販店《ぼうりょうはんてん》のフリースのパーカーを着ているが、ミツはおそらく近所の商店街で購入したのだろう、胸の部分にトラの顔がプリントされたトレーナーを着ていた。白髪《しらが》まじりの頭は、部分的に紫色《むらさきいろ》に染められている。

祖母のファッションセンスについて、輝季は一切《いっさい》口を出さないことにしていた。言っても無駄《むだ》だからだ。祖母の友人たちはみな同じような格好をしている。

二人とも趣味《しゅみ》らしい趣味はなく、あえて言うならテレビを見ることが好きだ。当然のごとく、ワイドショーにたびたび登場する黒宮一俊を知っている。いや、知っているどころか、ファンだ。輝季は口が裂《さ》けても、あの黒宮様のマンションで寝泊まりすることになったなんて言ってはいけないと思っている。

道子は仕事柄《しごとがら》、口外してはいけない事柄《ことがら》が存在することを熟知しているが、ミツはだめだ。言ったが最後、興奮して近所中に言いふらしてしまうだろう。

戦前からこの土地に住むミツにとって、ご近所は家族も同然で、隠《かく》しごとなんてひとつもありはしない。新しく引っ越《こ》してきた家族とも、フレンドリーに交流していると聞く。ここだけの話だからと前置きしても、くどいくらいに口止めしても意味のない、非常に危険な人物だった。

「いつまでなのか、期間はちょっとわからない。なにかあったら携帯《けいたい》に電話してくれないかな」

「わかったけど……」

道子は語尾《ごび》を濁《にご》し、眉《まゆ》をひそめて声のトーンを落とした。

「まさか、女の人と同棲《どうせい》ってわけじゃないわよね」

「ちがう。絶対にちがう」

そういう疑いが持たれるのではないかと予想していたので、輝季はきっぱりと否定した。

「なんだったら辻ノ上編集長に確認《かくにん》してもらってもいいよ」

「なんだ、本当に仕事なの」

道子はつまらなさそうにため息をつく。

「あんた、いつになったら可愛《かわい》い彼女を連れてくるのよ。男はすこし遊んでいるくらいがちょうどいいのよ」

「そうだよ、そうだよ」

二人揃《そろ》ってのいつもの愚痴《ぐち》がはじまったので、輝季は適当に返事をして階段に向かった。

三階にある自分の部屋に行き、一番大きなスポーツバッグに着替《きが》えを詰《つ》める。下着とシャツ、トレーナー、セーター。どこの出版社でもだいたいそうだろうが、ツジ出版の編集部も服装は自由だ。スーツでなくてもいいので、こういうときは楽だった。携帯の充電《じゅうでん》器と読みかけの本もバッグに入れる。

「……こんなもんでいいか。僻地《へきち》に行くわけでもないし」

黒宮の自宅がどこなのか聞いていないが、勤務先のＳ大が豊島区なので都内だろう。足りないものがあれば、いつでも取りに戻《もど》ってくればいい。

ポケットの中の携帯がチロリンと鳴った。メールが届いたらしい。

開いて見てみたら辻ノ上からで、黒宮の自宅住所と最寄《もよ》り駅が明記されている。中野区の西武新宿線の駅近く。分譲《ぶんじょう》マンションにお住まいらしい。

「へぇ……」

輝季はちょっと嬉《うれ》しくなった。黒宮の家は、高田馬場《たかだのばば》にあるツジ出版にものすごく近いのだ。もしかしなくても、通勤がかなり楽になる——。それにきっと黒宮は小奇麗《こぎれい》なマンションに住んでいるだろう。どんなところなのか興味がある。

明日からの同居に不安はあるけれど、わくわくする気持ちは抑《おさ》えられなかった。


そんなこんなで翌日、黒宮のマンションにやってきた輝季だ。閑静《かんせい》な住宅街に建つマンションは四階建てで、戸数が少なそうだった。外観はとても品があって重厚《じゅうこう》で、量販店《りょうはんてん》のトレーナーとジーンズ姿の輝季は、ぴかぴかのエントランスで浮《う》いていた。

「なにをしている。さっさと来い」

黒宮に叱《しか》られて、輝季は慌《あわ》てて後をついていく。

マンションの前まで来たときに、辻ノ上に教えられた黒宮の携帯番号に電話をかけたのだ。

着いたと告げると、わざわざエントランスまで迎《むか》えに来てくれた。辻ノ上は黒宮をSだと言ったが、優しいところもあるんだと感激した輝季だ。しかし、なんのことはない、エントランスに常駐《じょうちゅう》している管理人に新しい住人を紹介《しょうかい》するためだった。

ホテルのフロントのようなカウンターの内側に、管理人という役目の初老の男が座っていた。輝季が知る管理人とは大家が兼《か》ねていて、ハゲた親爺《おやじ》が竹箒《たけぼうき》でアパート前の落ち葉を掃《は》きながら世間話をしたり、老眼鏡を鼻の頭にひっかけながら上目遣《うわめづか》いで家賃の催促《さいそく》をしたりするような、そんな存在だ。

だがここにいる管理人はまったく違《ちが》った。パリッとしたスーツを着ていて、静かに佇《たたず》んでいる。思わぬところで校長先生にばったり会ってしまった小学生のように、輝季はおどおどと頭を下げた。

「ツジ出版の編集者、恩田君です。しばらく私の部屋に泊《と》まることになっていますので」

「よ、よろしく、お願いします……」

管理人は「こちらこそ」とにこやかな笑顔《えがお》を向けてくれた。

どきどきしながらエレベーターホールに行き、「三階だ」と説明される。エレベーターはたいして大きくなかったが、塵《ちり》ひとつ落ちていない。

たしかここは分譲マンションだったはずだ。鉄道の駅に近くて管理人が常駐しているような物件がいったいいくらするのか――新築ならおそらく億に届くのではないか――輝季はくらくらしてきた。

　大学の准教授《じゅんきょうじゅ》が、そんなに給料がいいはずがない。テレビに出演していても、文化人は名のあるタレントほどにはもらえないと聞いている。

　昨年の本の印税で購入したのだろうか。いや、輝季は正確な発行部数を知っているが、黒宮の懐《ふところ》に入ったのは五千万円ほどだろう。それを頭金にしてローンを組めば買えない物件ではないか……？

　もしかしたら黒宮はどこかの御曹司《おんぞうし》かもしれない。黒宮様と呼ばれるにふさわしい出生だったら、今後の対応を変えなければならないだろうか？

「なにをぶつぶつ言っているんだ？　迷子《まいご》になるぞ」

「えっ？」

　迷子になるほど広いのかと、開いたエレベーターの先を見渡《みわた》す。茶系にまとめられた床《ゆか》と壁《かべ》と天井《てんじょう》が広がっていた。迷子になることはないだろうが、置いていかれたら方向がわからなくなりそうだった。

「なにか気になることでも？」

「いえ、あの、たいしたことではないんですけど……」

「なんだ。言ってみろ」

　こんなことを聞いたら機嫌《きげん》を損《そこ》ねるかなと思ったが、しつこく「言ってみろ」とくりかえされ、さっきの疑問を口にしてみた。

「いつからここにお住まいですか」

「五年前からだ。ちょうど住む場所を探していたところ、ここが売りに出されていたので購《こう》入《にゅう》した」

「新築ですか」

「そうだ」

値段はいくらでしたか、億単位ですか——なんて聞けない。たぶん輝季のような庶民《しょみん》が一生かかっても購入できる金額ではないだろう。別世界だ。

しかも五年前。本の印税で買ったのではないとなると、やはりもともと金持ちなのか。

「祖父の遺産だ」

「あ、え？」

「購入資金を知りたいのだろう。祖父の遺産を相続して、まとまった金を持っていたので買った。母方の祖父には、私しか相続する者がいなかったんだ」

「ああ、なるほど、そうですか」

遺産相続——またまた庶民には縁遠《えんどお》い言葉だ。でもよく考えてみれば、輝季の実家も祖母と母が亡《な》くなれば輝季が相続するわけだから、まったく縁遠いものでもないか。

だが、黒宮しか相続する人がいなかったとは、親戚《しんせき》が少ない一族らしい。相続で揉《も》める心配はないが、ちょっと寂《さび》しい気がする。

「ここだ」

ディンプルキーをかざしただけで、カチッとロックの外れる音がした。ハイテクだ。

「あとで君にスペアキーを渡《わた》す」

不思議そうにキーを眺《なが》めていたら、黒宮がそう言った。

「おじゃまします……」

おそるおそるドアの内側に足を踏《ふ》み入れ、四畳半《よじょうはん》はありそうな広い玄関《げんかん》にびびった。隅《すみ》には胡蝶蘭《こちょうらん》の鉢《はち》植えが置かれている。店の開店祝い以外に、一般《いっぱん》住宅で何気なく置かれている胡蝶蘭なんてはじめて見た。

「君の部屋はここだ。編集者は勤務が不規則だろうと思い、玄関の近くにした。とりあえずここに鞄《かばん》を置いて、リビングに来なさい。同居するにあたって、おたがいに生活習慣の確認をしたほうがいいだろう」

「わかりました」

ここだと示された部屋は、六畳ほどの洋室だった。急きょ用意したのか、木製のシングルベッドの上には、布団《ふとん》セットが包装されたまま乗っている。シンプルな木製のデスクには薄型《うすがた》テレビが置かれていて、部屋の隅に立つハンガーラックも、なにもかもが新品だった。

輝季のために、揃えてくれたのだろう。やっぱり黒宮は良い人だと、輝季は胸がほっこり温かくなった。リビングのソファで寝《ね》ろと言われても仕方がないと思っていたのだ。ひとつ部屋を与《あた》えられるとは、想像の範囲《はんい》を越《こ》えた好待遇《こうたいぐう》に嬉しさがこみあがる。

だが、その油断がいけなかったのかもしれない。本当は良い人かもなんて思ってはいけなかった。すべては輝季に隙《すき》を作るための手だったにちがいない。

その翌日、わずか同居二日目にして、ファーストキスを奪《うば》われる結果になったのだった。

「編集長、もう嫌《いや》です～」

出社するなり辻ノ上に泣きついた輝季だが、にっこり笑顔のバリアに跳《は》ね飛ばされた。

「まだ今日で三日目だろう。なにを言っているのかな」

「だっ、だって、あの人、俺に無理やり……」

キスされたなんて上司に訴《うった》えるのは羞恥《しゅうち》の極《きわ》みだ。耳を赤くして俯《うつむ》いた輝季に、辻ノ上はあっさりとエグいことを言った。

「お尻《しり》に突《つ》っ込まれた？」

「まさかっ」

慌てて否定した輝季に、「なんだ」と辻ノ上はため息をつく。

「まだやられていないのか」

「まだってなんですか。まだって……っ」

輝季は真剣《しんけん》に青くなりながらおろおろする。黒宮にキスをされたあと、輝季は混乱のまま大《お》真面目《まじめ》にセクハラについて検索《けんさく》してしまった。そこで過去の事件簿《ぼ》の中で、男が男にしたセクハラというものが存在したことと、その内容を知って二度衝撃《しょうげき》を受けた。

輝季はいまどき珍《めずら》しいほど奥手で、男同士の性行為《せいこうい》がどんなものなのか、実際のところ詳細《しょうさい》を知らなかったのだ。

男女間にしか存在しないと思っていた挿入行為《そうにゅうこうい》が、男同士でもあり得るなんて……！　せいぜい手で扱《しご》きあったり、口腔《こうこう》で愛撫《あいぶ》しあったりするくらいだと、甘く考えていた。現実を知って、恐怖《きょうふ》のあまりちょっと泣いた輝季だ。

男同士の場合、挿入行為の役割分担は、年齢《ねんれい》とか見た目には関係ないらしい。だが黒宮は絶対に突っ込む側だろう。あの男が他人を受け入れるなんて想像……したくないが、想像できない。ということは、輝季が黒宮を受け入れることになるに決まっている。

あそこは出すところであって、決して入れるところではない。人間として間違《まちが》っている。

そう声を大にして言いたいが、男女間でもあえてそういった行為を好む人がいると知り、輝季は昨夜、ショックのあまりよく眠《ねむ》れなかった。

もう家に帰りたい――。たとえ黒宮が本気ではないとしても、いつ冗談《じょうだん》がエスカレートするかわからない。だって実際にキスされたわけだし。

「編集長、俺、家に帰りたいです」

「まだやられていないんだったら、ごちゃごちゃとうるさく騒《さわ》ぐな。原稿《げんこう》のためにできるだけ我慢《がまん》しろと言っただろう。たった二晩で音を上げるなんて、テルちゃんはそれでも伝説の名編集者、恩田の息子《むすこ》か？」

父を持ちだされると、輝季は抗議《こうぎ》を引っ込めるしかない。

「とにかく、もうすこし頑張《がんば》りなさい」

「もうすこしって、いつまでですか」

「先生の原稿ができるまでだよ」

「だから、それっていつなんですっ」

「先生に聞きなさい」

辻ノ上にやんわりと返されて、輝季は悄然《しょうぜん》とうなだれた。

大雑把《おおざっぱ》な発行スケジュールは立てられているものの、あくまでも予定であって、どうしてもその日程で発売しなければならないことはない。そのくらい輝季にもわかっている。

原稿がいつ完成するかなんて、きっと黒宮にもわかっていないのではないか。この二晩は、原稿に取りかかっている様子すらない。

「俺、本当に、先生が原稿を書くにあたって必要な存在なんですか」

「先生ははっきりと誰《だれ》かと同居したいと言ったじゃないか。聞いていただろう？」

「でも……」

ただからかわれて遊ばれているだけのような気がする——。

たった二晩でファーストキスを奪われたのだ。これからいったいなにをどうされるのか、不安でならない。

「テルちゃん」

辻ノ上がそっと頭に手を乗せてきた。大きな手でよしよしと撫《な》でられると、まるで父親にそうされているような気がしてくる。

「慣れない生活が大変なのはわかるよ。でもね、黒宮先生の原稿は君にかかっているんだ。もし君が短気をおこして先生を怒《おこ》らせたりしたら、企画《きかく》自体がだめになるかもしれない。そうすると、ツジ出版のような小さな会社には大きなダメージだ。僕は、とても困った状況《じょうきょう》に追い込まれるかもしれない……」

悲しそうな表情の辻ノ上につられて、輝季は同じような悲しい気持ちになってしまう。

「だから、頼《たの》むよ。我慢してくれ。君にはとても期待しているんだ」

「期待？　俺に？」

「そうだよ。テルちゃんなら絶対に成し遂《と》げてくれると信じている」

「編集長……っ」

信じて期待してくれていたなんて——。輝季は目が覚めたような思いがした。萎《しぼ》んでいた心に、みるみる力が漲《みなぎ》ってくる。

そうだ、父親代わりの辻ノ上の期待にこたえるためにも、会社の利益のためにも、自分が頑張らなくてどうする。たかがセクハラじゃないか。キスのひとつやふたつ、減るもんじゃなし。

「やってくれるか？」

「はい、頑張りますっ！」

輝季は溌剌《はつらつ》と返事をし、辻ノ上に「それでこそテルちゃんだ」と持ち上げられて、さらにテンションを上げたのだった。


だが、せっかく上がったテンションは、そう長続きしなかった。

「見事なたたみ方だな。芸術的だ」

「うっ……」

乾燥機《かんそうき》から取り出したタオルをたたむという、小学生のお手伝いレベルの家事を命じられた輝季だ。そのくらいなら……とやってみたのだが。

「君は、よほどの箱入り坊《ぼっ》ちゃんらしいな。いまどき珍しい」

黒宮がなかば感心したように言う。輝季は情けなくて恥《は》ずかしくて、このまま床《ゆか》にずぶずぶと沈《しず》んでいきたいくらいだった。

おなじサイズのフェイスタオルが五枚。それをただたたむだけなのに、輝季は黒宮が言うところの芸術的な折り紙もどきのものを制作してしまっていた。母や祖母が、いつもテレビを見ながらとか、おしゃべりしながら洗濯《せんたく》ものをたたむのを、輝季はそばで眺《なが》めていた。とても簡単そうに見えたのに、こんなに難しいなんて。

「そうか、君は深窓のご令息だったんだな。こんな庶民《しょみん》的な家事をいいつけてすまなかった」

あきらかな皮肉とともにタオルの芸術作品を取り上げられ、輝季はあわあわと手を伸《の》ばす。

「もう一度やり直しますから、返してください。できますからっ」

「いや、私がやったほうが早いしきれいだ。君に任せていたら、せっかく洗濯したタオルに汗《あせ》じみができそうだし」

「ひ、ひどい……」

輝季がどれだけ手汗をかく体質だと思っているのだろうか。

「ああ、もう端《はし》が汚《よご》れている」

「えっ？　うそっ」

驚《おどろ》いて黒宮が抱《かか》えているタオルに飛びつくようにすると、長い腕《うで》がするりと腰《こし》に巻きついてきた。あっと思ったときにはもう、近づいてきた黒宮の顔が視界いっぱいのアップに。

「んっ」

唇《くちびる》が重なっていた。驚いている間に、黒宮の笑顔《えがお》が遠ざかる。してやったり、といった表情に、輝季はカーッと赤面した。キスを奪われた唇を左手で庇《かば》うようにして覆《おお》う。

「な、な、な、………っ」

なんてことをするんだ、あんたはまた！　と怒鳴《どな》りたいのに、上手《うま》く言葉が出てこない。

「君は隙《すき》がありすぎるな。タオルすらたためないし」

「タ、タオルをたためないのは事実だけど、隙は、隙は……」

ありまくりなのだろう――。ファーストキスだけでなく、セカンドキスまでも黒宮に奪《うば》われてしまった。

昼間、キスのひとつやふたつ減るもんじゃなし、と覚悟《かくご》を決めた輝季だが、実際に軽く戯《たわむ》れのようにキスをされてしまうと、なにかが減ったような気がする。

いや気のせいじゃない。きっとなにかが減っているのだ。くそぅ。

ムッと口を歪《ゆが》めた輝季を、黒宮はあからさまにわくわくした様子で見守っている。輝季の反応を面白《おもしろ》がっていることを隠《かく》しもしない。完全に舐《な》められている。胃がカッと焼けつくようになって怒《いか》りがわいたが、辻ノ上の言葉を思い出した。

『黒宮先生の原稿は君にかかっているんだ。もし君が短気をおこして先生を怒らせたりしたら、企画自体がだめになるかもしれない』

怒っちゃいけない。怒らせてもいけない。

『頼むよ。我慢してくれ。君にはとても期待しているんだ』

自分は期待されている。辻ノ上のため、ツジ出版のために、ここは我慢、我慢。

輝季は目を閉じて、深呼吸をくりかえした。視界から黒宮の姿をシャットアウトしたのがよかったのか、燃え上がろうとしていた怒りの炎《ほのお》がしゅるしゅると勢いをなくしていく。

よし、もう大丈夫《だいじょうぶ》だと目を開けると、黒宮がものすごくつまらなさそうにため息をついていた。

「なんだ、怒らないんだな。泣きもしないし」

「こんなことでいちいちカッとなっていたら、仕事になりませんから」

何事もなかったかのように、輝季はしらっとして答えてみせる。黒宮は「仕事ね…」と呟《つぶや》いた。

「確かに私の部屋にいるのは仕事のためだ」

「そうですよ」

いまさらなにを。

「会社のために、嫌《いや》なセクハラにも耐《た》えると」

「そうです。それがいまの俺の仕事ですから」

「ふーん……」

黒宮はなにかを考えているそぶりで、あらぬ方向に視線を飛ばしている。今度はなんだ。なにを言うつもりだ。

「そんなに会社が大切なのか？　入社したばかりだろう。すごい愛社精神だな。もしかしてツジ出版の新人研修は洗脳する勢いなのか」

輝季の献身《けんしん》的な態度を不審《ふしん》に思ってそんなことを考えていたのかと、がくっと力が抜《ぬ》ける。

「あの……うちの編集長の辻ノ上は、俺の父の友人だったんです。だから愛社精神というより、編集長のためですよ。俺を子供のころからかわいがってくれたので」

「辻ノ上さんが君の父親の友人？」

「はい。父はもうずいぶん前に亡《な》くなりましたが、編集者でした。小さなころから父親の話を聞かされていたせいか、俺も同じような仕事をしたいと思うようになって、ツジ出版の入社試験を受けたんです」

「そうか、そうういうことか………」

黒宮は眇《すが》めた目を輝季に向けてくる。

「会社のためではなく、君は辻ノ上さんのために、私のセクハラに耐えると、これからも耐えていくと、そういうことなんだな？」

「あ、ええ、まぁ………」

「辻ノ上さんのためか。そうか……」

黒宮は何度も何度も納得《なっとく》したように頷《うなず》いている。なんだかおかしな反応だが、どんなことをされても耐えてみせるとわかってもらえたなら、意地悪することに無駄《むだ》なエネルギーを費《つい》やすことをやめてもらえるだろうか。

だが、ぽつりと漏《も》らされた黒宮の言葉に、輝季はぎくっと肩《かた》を揺《ゆ》らした。

「……気に入らないな……」

からかいが混じっていない、本気に聞こえる低いトーンの声に、輝季は金縛《かなしば》りにあったかのように動けなくなった。

「あ、あの……？」

「気に入らない。激しく気に入らない」

「せ、せんせ？」

顔色をうかがうようにしてぎくしゃくと黒宮を見遣《みや》れば、眉間《みけん》に似合わない皺《しわ》が寄っていた。

「いま君は私の部屋にいて、私と二人きりだ。なのに、頭の中には別の男がいる。気に入らないよ。とてもね」

「べ、べべべ、別の男っ？　別って、あの、辻ノ上のことですか？　編集長ですよ。社長でもあるんですけどっ」

まるで心変わりを責められているような言い方に、輝季は目を白黒させた。黒宮がなぜ気に入らないのかわからない。さらに、なぜ責められなければならないのかも、さっぱりわからない。

「君にセクハラをしているのは私だ。そういうときは私のことだけを考えるのがマナーだろう」

「マナー？　セクハラにマナーなんてあったんですか？」

「いま私が作った」

堂々と言いきる黒宮は、いっそアッパレだ。

「輝季」

いきなり呼び捨てにされ、驚いている間に、またもや腰を抱《だ》かれていた。隙がありすぎるなんてもんじゃない。学習能力がここまでない自分に、輝季は我ながら感心した――なんて呑気《のんき》に構えている場合ではない。

「先生、放してください」

「逆らうな。私の原稿《げんこう》が欲しいなら、抵抗《ていこう》してはいけない」

黒宮は開き直ったのか、完全なセクハラ台詞《ぜりふ》を堂々と口にする。その口が、ぐっと近づいてきて、輝季は避《よ》けようとのけぞった。

「こら、逃《に》げるな」

「逃げますっ。どうして先生とキスしなくちゃいけないんですかっ」

「私がしたいからだ」

えっ、と目を丸くしたと同時に後頭部を大きな手で押さえられ、強引《ごういん》にキスされていた。すかさず歯列を割って舌が侵入《しんにゅう》してくる。またしてもディープなキス。黒宮にとってキスとはすべて舌を絡《から》める濃厚《のうこう》な行為《こうい》を指すのか。

「んっ、んっ、んーっ!」

なんとか逃《のが》れようとしても、体格差にものをいわせた力業《ちからわざ》はなんともしがたく、口腔《こうこう》を好き勝手に蹂躙《じゅうりん》されてしまう。

ぬるぬるとした他人の舌の感触《かんしょく》が気持ち悪いと思ったのは数瞬《すうしゅん》だけ。すぐに上顎《うわあご》を舌先でくすぐるようにされて、またもや鼻から甘い息が漏れてしまった。

はじめてのキスのときにそうされて輝季が感じてしまったのを、黒宮はしっかり気づいていたらしい。

「ん、ん、んっ」

執拗《しつよう》に上顎を舐められた。口腔と脊髄《せきずい》は直結しているのか、腰《こし》が勝手にびくびくと跳《は》ねてしまう。不意に膝《ひざ》を割って黒宮が足を捻《ね》じ込んできた。

輝季の足の付け根……つまり股間《こかん》を、腿《もも》のあたりでぐいぐいと刺激《しげき》してくる。そうされてはじめて、輝季は自分の性器がなかば硬《かた》くなっていることを知った。

勃《た》ってる…?　どうして…?　好きでもない人間に、しかも男にキスされているのに……?

おのれの体の反応が信じられなくて、輝季は唖然《あぜん》とする。黒宮の唇《くちびる》がそっと離《はな》れていった。

至近距離《きょり》でひたと目を合わせ、黒宮がふふんと満足そうな顔をする。

「他愛《たあい》もない。お子様のカラダは簡単に興奮できていいな。どうだ、私のことで頭の中がいっ

ぱいになったか？」

ガンと殴《なぐ》られたようなショックに、輝季は言葉が出なかった。

輝季の頭から一時的に辻ノ上を追い出すためだけに仕掛《しか》けられたキス——。

馬鹿《ばか》正直に反応してしまった自分の初心《うぶ》な体が恨《うら》めしい。輝季は怒りと羞恥《しゅうち》のあまり、じわりと涙《なみだ》を滲《にじ》ませた。

「ひ、ひどい……」

黒宮がふざけた笑《え》みをすいっとひっこめた。洟《はな》をすする輝季を真剣《しんけん》な目で見つめてくる。謝罪してくれるのかと思いきや——。

「やはり泣き顔もいいな」

頷きながら呟かれ、輝季はあやうくグーで殴ってしまいそうになった。


どこかで聞きなれた電子音が鳴っている。ジリジリジリと鳴り続けるのは——携帯《けいたい》のアラーム音だ。輝季は「うーん……」と唸《うな》りながら音がする方へと手を伸《の》ばす。

音を止めなければ。もう朝だ。あれ？　でも今日は確か休日だったんじゃないかな。うっかりアラームをオンにして寝《ね》てしまったみたいだ。とりあえずアラーム音を止めないと。

目を閉じたまま枕元《まくらもと》に置いたはずの携帯を手さぐりで探し、「おや？」と不思議に思う。なにやら柔《やわ》らかで温かいものが手に触《ふ》れた。のろのろと目を開き、カチンと硬直《こうちょく》する。

「おはよう。君の無防備さは、ほぼ病気だな」

黒宮の顔が真横にあった。いつ見ても整った顔立ちだ……と思わず逃避《とうひ》してしまいそうになる意識を現実に繋《つな》ぎとめたのは、かぶっている布団《ふとん》の中で不穏《ふおん》な動きをする何か。

「なにやってんですか」

「おはようの挨拶《あいさつ》だ」

「いま挨拶しました。どこを触《さわ》っているんですかっ」

布団の下でもぞもぞと動いているのは黒宮の手だった。あろうことかパジャマの中に侵入し、腹を撫《な》でている。黒宮はなんと輝季の寝込みを襲《おそ》っているのだ。

「あっ」

するっと乳首《ちくび》をかすめられて、輝季はうっかり声を上げてしまった。カッと顔に血が上る。

「やめてくださいっ！」

衝動《しょうどう》的に突《つ》き飛ばそうとしたが、黒宮の「そんなことしていいの？」的な笑みにハッとして、ベッドの上をなんとか逃げようともぞもぞ動く。黒宮はすんなりと手を引いて、わが身を守るようにして掛《か》け布団を体に巻きつけている輝季を楽しそうに眺《なが》めてきた。

いくら黒宮の自宅とはいえ、許可なく部屋に入ってこられるのは困るが、無言でじろじろ見つめられるのも困る。

「………なにか、用ですか？」

「乳首が感じるようで、なによりだ」

ひぃぃと羞恥のあまり悲鳴を上げてしまいそうになり、輝季は布団に顔を押し付けて耐《た》えた。

「へ、変なこと、言わないでください」

「変なことか？　感じていいなと褒《ほ》めているのに」

「俺は男ですから、ち、ち、ちく……び、を褒められても、嬉《うれ》しくないです！」

乳首と口にするだけで恥《は》ずかしい。顔を上げられない輝季の耳に、黒宮の快活な笑い声が聞こえる。

「輝季、今日は日曜だが、私は仕事で人に会わなければならない。君も連れていくから、起きてしたくをしなさい」

「ええっ？」

驚《おどろ》いて布団から頭を出した輝季に、黒宮は得意の眇《すが》めた目でニッと笑う。くそぅ、セクハラ男なのにカッコいいと思ってしまうあたり、輝季はたった数日で毒されていた。いや、これはミーハーな母と祖母から受け継《つ》いだ血か。

「あと三十分で出る」

「あ、はいっ」

輝季は慌《あわ》ててベッドから飛び下り、つくりつけのクローゼットを開ける。適当に私服を取り出していると、黒宮が「今日はこれを着なさい」とブランドのロゴが印刷された紙袋《かみぶくろ》を差し出してきた。

「……これ、ですか？」

「君の服は安っぽい。いまどき大学生でももうちょっとマシな格好をしているぞ。センスが悪すぎる。今日はとりあえずこれを着るように」

私服をバッサリ否定されて、輝季は茫然《ぼうぜん》としたまま紙袋を受け取った。

「いいな、三十分でしたくをしなさい」

黒宮が部屋を出ていってからも、輝季はぐるぐるとショックを引きずった。安っぽい、センスが悪い――確かに安い服しか持っていないが、編集部の人間はみんな似たり寄ったりの格好だ。輝季だけではない。お洒落《しゃれ》しても徹夜《てつや》が続けば汚《きたな》くなる。

寝起《ねお》きにセクハラを受け、さらに服を貶《けな》されて、輝季はめそめそしながら紙袋から薄《うす》い紙に包まれた衣類を取り出した。

最初に出てきたのはコートだった。滑《なめ》らかな光沢《こうたく》のある濃紺《のうこん》のウールのコートはショート丈《たけ》で、どんな服装にも合わせやすそうだ。

そして白いタートルネックのセーターはふわふわしていて、着てみるとすごく肌触《はだざわ》りがいい。細身のブラックジーンズはなぜかサイズがぴったりで、こちらも着心地《きごこち》がよかった。袋《ふくろ》の底には靴《くつ》まであり、いままで履《は》いたことがないショート丈のブーツだった。

ひととおり身につけて、クローゼットの扉《とびら》の内側についている鏡で全身を見てみる。

くやしいことに、自分によく似合っていた。奇《き》をてらったデザインではなくベーシックだが、輝季は童顔なので子供っぽくなく大人すぎず、おちついた雰囲気《ふんいき》になっている。本人がショップに行かずにこれだけぴったりのものを選んでくるのだから、黒宮のセンスは確かなのだろう。輝季の日頃《ひごろ》の私服を貶すのも当然かもしれない。

おずおずとリビングダイニングに顔を出せば、黒宮はワイシャツにネクタイまできっちりと締《し》めて、コーヒーを飲みながら新聞を読んでいるところだった。

「あの……」

「着替《きが》えたか？　いいな。よく似合っている。さすが私だ」

自画自賛か。素直《すなお》に服の礼を言おうかと思っていたのに、その気がなくなってしまいそうになる。だがここは大人になって。

「ありがとうございます。こんなにお洒落で着心地のいい服、はじめてです。きっと自分では気後《きおく》れしてお店には行けなかったと思います。それで、その、代金は……」

ブランドに詳《くわ》しくないのでよく知らないが、コートとセーターとジーンズ、ブーツの一式だ。いったい、いくらになるのかちょっと怖《こわ》い。値札が外してあったのでわからなかった。十万円あれば足りるだろうか？　そのくらいなら五回くらいの分割《ぶんかつ》にしてもらえたら、小遣《こづか》いを減らして払《はら》える。

輝季は一応社会人だが、まだ一年目。そんなに給料は良くない。しかも実家にお金を入れているので、ほとんど貯金もなかった。さらに、冬のボーナスは老朽化《ろうきゅう》していた実家の給湯器を新調するために使ってしまった。

「代金はいらない」

「えっ、いただいてもいいんですか？」

やっぱり黒宮は優《やさ》しくて良い人なんだ、と狂喜乱舞《きょうきらんぶ》しそうになった輝季だが。

「体で返してもらうつもりだから」

とんでもないことをつらっと言われた。衝撃《しょうげき》のあまり頭がくらくらしてきて、輝季は壁《かべ》に手をつく。

体で返す、ということは、なにか用事を言いつかって働くというわけでは――ないだろうな、この場合は。隙《すき》を突かれてキスされたり寝込みを襲われて乳首を触られたりするていどではなく、もしかしたらもしかして、もっとすごいことをされちゃうということだろうか。

輝季はおそるおそる黒宮の下半身を見遣《みや》った。どんな持ち物がそこに隠《かく》されているのか知らないが、体格に見合ったサイズなら輝季よりお粗末《そまつ》ということはないだろう。

そんなものが果たして例のところに入るのか？

世の中には好きでそこを使ってセックスしている人もいるわけだから、できないことはないのだろう。黒宮はSだと言われている。ものすごく痛いことをされるのでは――。

輝季の怯《おび》えた様子に気づいたのか、黒宮はふっと笑った。

「大丈夫《だいじょうぶ》、気持ちいいことしかしない。心配するな。私は上手《うま》いぞ」

「ほ、ほんと、ですか……?」

まるで行為《こうい》を了承《りょうしょう》したと受け止められかねない反応だと、輝季はわかっていない。

黒宮は新聞をたたむと、日曜の朝にふさわしい穏《おだ》やかな笑顔《えがお》を向けて「コーヒーを淹《い》れよう」と輝季をダイニングテーブルへと促《うなが》した。テーブルにはベーコンエッグとクロワッサンが乗っている。

「俺の分まで…。ありがとうございます」

「ついでだよ。私はもう食べてしまったから、どうぞ」

きちんと朝食をとる習慣の黒宮は、時間があるとこうして輝季の分も用意してくれる。

出勤時間がずれているので、同居のルールとして無理に合わせなくてもいいことになっていたが、それでは一緒《いっしょ》に暮らす意味がない。輝季は食卓《しょくたく》を囲めなくとも「行ってらっしゃい」と声をかけることだけは最低限のつとめとして自分に課していた。

だいたい朝は黒宮の方が早いので、ついでと言っては簡単なものを用意しておいてくれるが、こうして朝食の時間をともにすごすのははじめてだった。

「あと十五分だぞ」

「あ、はい」

輝季は急いで食べはじめた。黒宮にじっと観察するような目で見つめられながらなので、とても食べにくかったが仕方がない。食事を十分で終えて、歯磨《はみが》きと鞄《かばん》の用意をする。

「行くぞ」

黒宮と一緒に玄関《げんかん》を出る。エレベーターで一階に下り、エントランスを通りぬけるとき、管理人の男に「今日は一緒にお出かけですか」と声をかけられた。

一緒にお出かけ。なんだかくすぐったい響《ひび》きだ。自分をどこに連れていくのか、それからどうするのかは知らないが、仕事に同行させてくれるほど信頼《しんらい》してくれているとは驚きだ。かなり嬉しい。

しかも服まで贈《おく》られた。体で返す云々《うんぬん》は、黒宮の冗談《じょうだん》かもしれないし。

最寄《もよ》り駅へと向かう黒宮の横顔をちらりと見上げると、きりりとしていながらもどこか機嫌《きげん》が良さそうだ。輝季もちょっと浮《う》かれながら、あとをついていった。

「君が編集者？　黒宮君のとこの学生かと思ったよ」

輝季を見て驚きながら笑ったのは、設計士の菅谷《すがや》という男だった。年頃《としごろ》は三十代後半といったところか、黒宮より何歳か年上のようだった。口髭《くちひげ》をはやした小太りの菅谷は、年下の輝季にもコーヒーを淹れてくれる。

「あの、俺がやります」

「いやいや、君はお客様なんだから、座っていていいよ」

菅谷の事務所は鉄道の駅からちょっと離《はな》れた真新しい雑居ビルの中にあり、一階はカフェだった。大きな窓からは冬の日差しがさんさんとさしこんでいて暖房《だんぼう》なしでもあたたかい。メゾネットになっているのか、白いアイアンの階段が上へと続いている。家の模型や書類が雑然としていながらも、どこか殺伐《さつばつ》とした雰囲気ではなかった。菅谷の鷹揚《おうよう》そうな人柄《ひとがら》が表れているのかもしれない。

雑居ビルにしては全体的なつくりが洒落ているなと思っていたら、ここは菅谷の持ちビルで、設計をしたのも菅谷だという。

「すまないね、今日は休みだから他《ほか》にだれもいなくて、お茶菓子《がし》がどこにあるかさっぱり……」

客が黒宮だけなら菓子など出さないのだろう。輝季という予想外のおまけに、菅谷は困っている感じだ。

「いえ、おかまいなく。俺は黒宮先生にくっついてきただけですし、さっき朝食をとったばかりですから」

恐縮《きょうしゅく》しておろおろと首を振《ふ》る輝季を、黒宮はまたもや楽しそうに眺《なが》めている。いきなり連れて来たのは黒宮なのに、フォローはしてくれないようだ。

「休日にすみません。私の都合で」

すみませんと言いながらも、態度はぜんぜんすみませんではない。絶対に黒宮の方が年下のはずなのに偉《えら》そうだ。どこへ行っても黒宮はこの調子なのか。

「かまわない。黒宮君が多忙《たぼう》なのはわかっているから。どうしても意見が聞きたいと無理に捻《ね》じ込んだのはこっちだ」

菅谷はいま抱《かか》えている注文住宅について黒宮に話しはじめた。クライアントと菅谷の意見が合わないらしく、行き詰《づ》まっている状態だという。

クライアントは四十代の夫婦《ふうふ》。子供はいない。室内で飼っている犬が二匹《ひき》。親とは同居予定なし。菅谷が広げた手書きらしい間取りの図を、輝季はひょいと覗《のぞ》きこむ。三階建てだ。一階に寝室《しんしつ》があり、風呂《ふろ》もある。二階にリビングとキッチン。三階にも寝室と風呂。ぱっと見は二世帯住宅のようだが、親との同居はないのではなかったか？

「どうも家庭内別居を最初から決めているみたいなんだ」

「ええっ？」

思わず驚《おどろ》いた声を上げてしまい、黒宮に睨《にら》まれた。慌《あわ》てて手で口を押さえ、よそを向く。

「夫婦が不和なのに二十年以上のローンを組んで家を建てるってどうかと思わないか？　だから僕は、別れるつもりがないならこれを機に夫婦関係の修復をはかるべきだと言ってみたんだ。寝室はひとつにして、リビングは広くとり、ホームシアターのようにしてもいい。一緒にDV

Dを楽しむのもいいだろう？　とにかく夫婦がコミュニケーションをとれるように間取りを考えたほうがいいって」

黒宮はじっと手書きの間取り図を見つめている。

「でもクライアントはこれで作ってくれって言い張るんだ。自分たちはこういう関係がしっくりくるんだからって——。なにか深い理由があるなら話してほしいんだけど、なかなか言ってくれなくて。黒宮君、どうしてだと思う？」

「そうだな……」

黒宮はひとつ息をつき、菅谷に視線を向ける。

「菅谷さんは、夫婦二人の、主にどちらと話していますか」

「主に？　ご主人とだけしか話していないよ。奥さんとは会ったことがない。電話すらないな。僕が奥さんの意見を聞きたいと言っても、必要ないの一点張りなんだ」

「だったらすこし強引《ごういん》にでも、奥さんと話をしてみることをお勧《すす》めします。ご主人は夫婦の問題に口を出してもらいたくないと思っているかもしれませんが、双方《そうほう》の意見を聞かなければわからないことはたくさんありますからね。なんとかして連絡《れんらく》を取ってみてください」

「そうだよな、双方の話を聞かないとな……」

菅谷は意に染まない仕事をしたくないタイプなのだろう。注文通りに設計すれば楽なのに、納得《なっとく》できない部分を妥協《だきょう》したくないにちがいない。

「この夫婦は結婚《けっこん》して何年くらいなんですか」

「確か二年って」

「二年。四十代で二年というのは、晩婚《ばんこん》だったということですね。これは、もしかすると……」

「なんだ、なにか気付いたのか？」

「いや、確信が持てないことをそう軽く口にはできませんので」

黒宮は澄《す》ました顔で、飛びついてきた菅谷をかわす。菅谷は不満そうに眉間《みけん》に皺《しわ》を寄せながらも、次の相談事を取り出してきた。どうやらいくつもあるらしい。

「これはD区のコミュニティセンターの娯楽室《ごらくしつ》なんだが――」

個人住宅だけでなく、菅谷は手広く仕事をしているようだ。輝季が知らないだけで名前が知られている設計士なのかもしれない。

「明るくて広い空間をつくれば人が集まるかと思ったら大間違《おおまちが》いです。広すぎるとだいたいの人は落ち着かなくなりますよ。身に覚えがあるでしょう」

「そうか、そう言われるとそうだな。隅《すみ》に固まってしまうか？」

「見通しが良くて開放的な空間と、不安をかきたてるだだっ広い空間は別です。地域住民のコミュニケーションをとることが目的なら、こんなに広い部屋は必要がないと思います。体育館として使える部屋を作りたいなら別ですが」

「いや、体育館はすでにあるんだ。そうか、わかった。考え直してみる。あー……でも、もしプレゼンの段階で、役人が広い部屋が必要だと主張したらどう説明したらいい？」

黒宮がコミュニケーションにおける空間の使い方について端的《たんてき》に説明するのを、菅谷はメモに取っている。設計士の菅谷にとってわかりきったことも含《ふく》まれているだろうが、黒宮を全面的に信頼している様子が見て取れた。

専門分野について話をする黒宮の横顔は真剣《しんけん》だ。日頃《ひごろ》の人を食《く》ったようなふざけた色は一切《いっさい》ない。色気がしたたる流し目もない。ストイックな横顔は、見入ってしまうほど素敵《すてき》だった。

「うーん、うまく説得できるかなー」

「私の名前を出してもいいですよ」

「ホントか？」

菅谷の顔がパッと明るくなった。だが名前を出すということは、アドバイザーとして正式に黒宮がついたということになる。それからは具体的な相談料の話になってしまい、輝季は気をきかせて席を立った。本当はもっと黒宮の顔を見ていたかったけれど。

事務所の中をそう勝手には歩きまわれないので、黒宮たちが視界に入る範囲《はんい》内でぶらぶらする。誰《だれ》かのデスクの上に作りかけの個人住宅の模型があった。

二階建ての洋風建築だ。大きな窓にウッドデッキ。リビングには薪《まき》ストーブがある。とても居心地《いごこち》がよさそうな家だ。

輝季の実家も居心地はいい。父が生前に建てた家だ。輝季が生まれたあと、三階建てに建《た》て替《か》えた。息子のために、という父の気持ちがこもった家が、輝季にとって快適なのは当然だろう。ツジ出版ではないけれど出版社の編集者だった父は、もともとそんなに高給取りではなかった。

ベストセラーを何度も世に送り出し、社長賞をいくつか連続してもらったのは建て替えたあとだ。それでも編集者としての給料は急に上がるものではない。二十年のローンは地道に返していくつもりだったにちがいない。だが、父が突然《とつぜん》の病で死んだとき、生命保険金でローンはちゃらになった。

借金がなかったからこそ、輝季はのんびりと私立大学に通えたのだ。父と母には感謝している。祖母のことも大好きだ。忙《いそが》しい両親にかわって輝季の面倒《めんどう》を見てくれたのは祖母のミツだった。

母の道子はあと数年で定年になる。輝季が恩田家の大黒柱にならなければならない。しっかり仕事をして、一人前の編集者になることが、きっと両親と祖母への恩返しになる。黒宮のセクハラなんかに負けてはいられないぞと、輝季は決意も新たにした。

「輝季」

耳元で魅惑《みわく》的な低音が響《ひび》き、輝季は「ひっ」と飛び上がった。声に反応してじんわりと熱くなってくる耳を手で庇《かば》いながら振り返ると、真後ろに黒宮が立っていた。

「な、なんですかっ」

「話は終わった。帰るぞ」

「近いです」

普通《ふつう》に喋《しゃべ》っているだけで吐息《といき》がかかりそうな至近距離《きょり》で囁《ささや》かれ、輝季は警戒心《けいかいしん》もあらわに後《あと》退《ずさ》りする。黒宮の肩越《かたご》しに菅谷がこちらを眺《なが》めているのが見えた。輝季と目が合うと、ニコッと笑ってくる。この不自然な距離を、輝季は慌てて解消しようと黒宮から離《はな》れたが、遅《おそ》かった。

「ああ、僕のことは気にしなくていいよ。偏見《へんけん》ないから。仲良くていいね」

「へ、偏見っ？」

「だって君、黒宮君の恋人《こいびと》だろ？」

「えっ、えっ」

祝福の笑顔《えがお》で当然のように言われてしまい、輝季は啞然《あぜん》とするあまりうまく言い返せない。

「黒宮君が日曜日に同伴《どうはん》してくる人間が、ただのビジネス上の付き合いのわけないじゃない。そのくらいだれでもわかるって」

菅谷は声を上げて笑い、「だろ？」と黒宮に正解を求める。否定してくれると思いきや、黒宮は目を楽しそうに細めて頷《うなず》いた。

「かわいいだろう。かわいすぎてもう手放せないくらいだ」

「く、黒宮先生っ」

口から出まかせもはなはだしい。なんてことを言うんだと、殴《なぐ》りかかりたいくらいだ。

輝季の慌てぶりが、突然のカムアウトに対する動揺《どうよう》だと判断されたらしく、菅谷が黒宮を窘《たしな》めた。

「かわいい恋人を見せびらかしたい気持ちはわかるが、誰かれかまわず言いふらすなよ。びっくりしているじゃないか。それに誰もが受け止めきれることじゃないし」

「わかっていますよ、そのくらい」

菅谷にとって黒宮の恋人が同性であることは、なんら問題ではないらしい。

辻ノ上が黒宮のことをバイだと言っていたから、知人のあいだではいまさらのことなのだろうか。

「今日はありがとう。すごく参考になった」

「じゃあまた連絡してください」

黒宮はがしっとばかりに輝季の肩《かた》を抱《だ》き寄せ、菅谷に手を振《ふ》りながら事務所の出口へと促《うなが》してくる。外の通路もエレベーターの中も狭《せま》くて、もがいても黒宮は離れてくれない。

やっと腕《うで》を解いてくれたのは、ビルを出て一階のカフェの前に来てからだった。

「いったいなにを考えているんですか！」

「なにとは、なにが？」

「あんな、あんな嘘《うそ》ばっかり言ってて っ」

「嘘は言っていない」

「俺のことかわいいって言ったじゃないですか。手放せないとか！」

「それは事実だ。君にかわいいと何度も言ったことがあるだろう」

「あ、ま、それは、そうですけど……。でもその、俺は先生の恋人なんかじゃありませんし、あんなふうに――」

真っ赤になって抗議《こうぎ》している輝季の顔の前に、黒宮の大きくてきれいな手がストップとばかりに上げられた。

「君が良ければこのまま続けてもいいが、場所を変えるか？」

ハッとして周囲に意識を向ければ、カフェの客ばかりでなく通行人までも黒宮と輝季を注視している。中には足をとめて携帯《けいたい》のカメラをかざしている女の子もいた。

輝季はサーッと青くなる。自分は一般《いっぱん》人だからいいが、黒宮は有名人だ。男と揉《も》めていた……それも疑わしい内容で……となれば、ワイドショーのネタにされかねない。

どうしよう、どうしよう――とプチパニックになって立ちつくした輝季の腕をとり、黒宮はすたすたと歩きはじめた。

行きは電車だったが、通りに出るとタクシーを止めて輝季を押しこむ。なんとか喋れるようになったのはタクシーが走り出して五分もたったころか。

「…………すみません…………俺…………」

もし黒宮に迷惑《めいわく》がかかったらどうしよう。自分はなんと言った？　恋人がどうとか言ったような気がする。

動揺していたとはいえ、公衆の面前でとんでもないことを口走ってしまった。

「ごめんなさい、本当に」

「その点については、到着《とうちゃく》してから話しあうとしよう」

冷たく突《つ》き放されて、黒宮が怒《おこ》っているのだとわかった。恋人云々《こいびとうんぬん》というのは、おそらくいつもの冗談《じょうだん》だ。それなのに、輝季が過剰《かじょう》反応をしたせいで恥《はじ》をかいたわけだから、怒るのはあたりまえだった。

「このあたりでいいですか？」

「ありがとう」

黒宮が運転手に料金を払《はら》うのを見て、「あれ？」と輝季は首を傾《かし》げる。タクシーが自宅マンションに向かっていたわけではなかったことに、輝季はやっと気付いた。落ち着いた雰囲気《ふんいき》の街並みと、どこかお洒落《しゃれ》な通行人。ここはどこだろう。

「おいで」

ぼうっとしている輝季は黒宮に手を引かれてタクシーを降りた。目についた電信柱に住所のプレートがあった。南青山とあり、この空気の意味を知る。

「あの、どこへ？」

「ランチの予約を入れてある」

そういえばもう昼時だ。通りに面したカフェには買い物途中《とちゅう》と思われる女性たちが並んでいる。こんなところでランチをとったことなどない。黒宮はいつものことなのだろうか。すれ違《ちが》う通行人たちがちらちらと視線をよこしてくることに、輝季は気付いた。どうしてそんなに見るのだろう。黒宮が有名人だからか。

「ほら、ここだ」

ひとつの白いビルを指差され、輝季は黒宮に手を引かれるままだったことを思い出した。大人の男同士が手を繋《つな》いで歩いていたら、注目を浴びるのは当然だ。遅まきながら輝季は手を振りほどいた。

「人に見られていますっ」

「なにをいまさら」

それはそうかもしれないが…。では、黒宮はぜんぜん人目を気にしていないのか？　さっきカフェの前で口ゲンカじみたことをしてしまい激しく落ちこんだが、黒宮はもしかして怒っていないのだろうか。

「ここは私のお気に入りの店なんだ。君も気に入ると思う」

すたすたと階段を上がっていく黒宮の後ろ姿に、輝季は思い切りため息をついた。怒ったふりをして輝季をおとなしくさせ、さらに恋人呼ばわりして人前で手を繋ぐ——すべて計算ずくの態度だったらすごい。よくこんなに次々と考え付くものだ。

まだ昼だというのにぐったり疲《つか》れながら、輝季は黒宮のあとをついていった。

わざわざ予約を取ったというのは、広東《カントン》料理の店だった。行列はできていなかったが店内はほぼ満席で、こぢんまりとした店ながら奥には個室があり、黒宮と輝季はそこに案内される。

人目を気にせず食事ができると、輝季はホッと安堵《あんど》した。有名人と行動をともにするのは、想像よりも疲れることを知った。

「どれでも好きなものを頼《たの》みなさい。ここはそんなに高くはないから」

言われてメニューを見てみれば、たしかに目玉が飛び出るほどの料金設定ではないが、決して安くはない。ランチメニューは二千円と三千円の二種類。コースもあるが、四千円からとなっている。

「この二千円のランチで」

「それでいいのか？」

「これがいいです。美味《おい》しそうですよ」

白湯《パイタン》のあんがかかった中華風《ちゅうかふう》のオムライスのセットと書いてある。スープとデザートつき。

「では私もそれにしよう」

「えっ、オムライスですよ？」

「私がオムライスを食べてはおかしいか？」

「いえ、そんなことは……」

黒宮が日頃《ひごろ》なにを食べているかは知らないが、よく考えてみれば平日は大学に行っているわけで、もしかしたら学食の超安《ちょう》いランチや、近所の食堂で定食を食べているのかもしれない。

「さっきの設計士さんとは長いお付き合いなんですか？」

「五年ほどかな。知人の紹介《しょうかい》で知り合って、大学の先輩《せんぱい》だとわかった。そこそこ名前が売れている設計士なのに偉《えら》ぶっていなくて良い人だ。ときどきああして私に意見を求めてくる」

「さっきの……家庭内別居を前提にした住宅の設計ですけど、先生は夫婦《ふうふ》の問題に心当たりがあるんですか？」

「ああ、あれか」

黒宮は唇《くちびる》の端《はし》をきゅっと上げて、意味深な笑《え》みをつくる。

「クライアントの夫婦に直接聞いても答えないかもしれないが、私は偽装結婚《ぎそうけっこん》なのではと思っている」

「偽装結婚？　どうして？」

不仲ではなく、最初から偽装だったという説を、黒宮は出してきた。

「寝室《しんしつ》を一階と三階に分けるのはおかしい。いくら不仲でも離婚《りこん》する気がないのなら、ワンフロアに寝室を二つ作るだろう。隣同士《となりどうし》とかね。だがあれは一階と三階だった。しかも浴室がそれぞれ寝室の横にある。生活を分けたいのだろうな。でも離婚はしない。結婚は偽装で、ひとつ屋根の下に暮らす体裁《ていさい》だけが必要なら、ああした間取りを考えてもおかしくないだろう」

「でもどうして偽装なんて……」

「ゲイならありえる」

「えっ」

ぎょっとしてお冷のコップを倒《たお》してしまいそうになった輝季だ。ゲイの偽装結婚なんて、黒宮ならではの発想か。

「私は体裁を整えるためだけの結婚など無意味だと思っているが、親のためにもとりあえず結婚だけはしておきたいと考えるゲイはいる。クライアントの夫婦にとって、長期ローンはこれからお互《たが》いに協力しあっていこうという契約《けいやく》代わりなんじゃないのか」

黒宮は偽装結婚だと確信しているような口ぶりだった。

「体裁のためだけに、愛してもいない他人と一緒《いっしょ》に暮らそうとするなんてナンセンスだ。その夫婦はもしかしたら友達ていどには仲が良いのかもしれないが」

「俺と先生だって、いまひとつ屋根の下にいますけど？」

「君はいいんだ。私が選んだ」

「友達ていどには仲が良いってことですか？」

黒宮の台詞《せりふ》を茶化《ちゃか》して使ってみたら、すぐに反撃《はんげき》された。

「私は友達以上だと思っているが、違うか？」

ちらりと横目で見られて、同居してからこっち、いろいろといたされているセクハラを思い出す。輝季は赤面しながらも果敢《かかん》に黒宮を睨《にら》んだ。

「俺としては友達でけっこうです」

「そうか？　もっと深い仲になりたいんだが」

「ならなくていいです」

「そんなに怖《こわ》がらなくても優《やさ》しくしてやる」

「先生っ」

つい声を荒《あら》らげたら、黒宮はくっくっと肩《かた》を揺《ゆ》らして笑った。また、ただのからかいに過剰反応してしまったと自己嫌悪《けんお》に陥《おちい》りそうになる。

そこにランチが運ばれてきた。美味しそうな匂《にお》いに、食欲《しょくよく》が刺激《しげき》される。二人揃《そろ》って「いただきます」と手を合わせ、すぐにスプーンであんがかかったオムライスをすくった。

「美味しい〜」

「うん、美味しいな」

輝季が身悶《みもだ》えながら「美味しい」を連発すると、黒宮も満足そうに頷《うなず》きながら二口目を口に運んでいる。

「君といると楽しいよ」

「えっ」

唐突《とうとつ》に黒宮がぽつりとこぼした。がつがつと食べていた輝季は手を止めて、正面に座る黒宮を見遣《みや》る。意地悪な笑顔ではなく、穏《おだ》やかで静かな笑みを口元に浮《う》かべていた。

「誰《だれ》かと寝起《ねお》きをともにして、他愛《たあい》のないお喋《しゃべ》りをする日常というものが、こんなに楽しいとは思ってもいなかった」

本音だと、輝季は感じた。黒宮は十五歳のときから一人暮らしをしてきたと聞いた。輝季と数日しか一緒にいないが、それでもいままでとは違う生活に潤《うるお》いを見出《みいだ》したのだろうか。

「あの、俺は特になにもしていませんけど……」

「気を遣《つか》ってなにかされても困る。君は普通《ふつう》に生活していてくれればいい。私がときどきちょっかいを出して、わあわあ騒《さわ》いでくれれば楽しい」

「わあわあって……」

なんて言い方だと呆《あき》れてしまうが、楽しいと思ってくれているのは本当だろう。

黒宮はきっと、あまりにも長く一人で暮らしてきたから、寂《さび》しいと感じることも忘れてしまっていたのではないだろうか。

十五歳で一人になったのなら、最初は絶対に寂しかったはずだ。高校一年生で一人暮らしなんて、輝季には考えられない。

「あの、高一から一人暮らしだったんですよね。寂しかったでしょう。だれか友達を呼んだり、友達の家に泊《と》まりに行ったりしました？」

「いや、そういうことは一度もしなかったな。父が安否確認《かくにん》の電話をかけてきたときに不在ではいけないと思ったし、夜はいつも勉強ばかりしていたから」

それはまた品行方正な日々で――。その反動が大人になってからきているのだろうか。

「ああ、でも、そんな私をいつも気にかけてくれる人がいた」

「だれですか？」

「担任教師だ。当時四十代で遅《おそ》い結婚をしたばかりの新婚《しんこん》だったのに、わざわざ遠回りをして惣菜《そうざい》を買い、私の家まで来て差し入れをしてくれたり、頼まれてもいないのに近況《きんきょう》を手紙にしたためて父に送ったりしてくれて、いろいろと気遣《きづか》ってくれた」

「その先生とは、いまも？」

「年賀状のやりとりくらいだな。数年前に定年を迎《むか》えて、いまは郷里の愛知県に帰っている」

「へぇ……」

黒宮も担任教師のことは信頼《しんらい》していたのだろう、語る目がとても柔《やわ》らかな光をたたえている。

「君の家は？　父親が早くに亡《な》くなったことは聞いたが、母親は元気なのか？」

「母は元気ですよ。現役《げんえき》の看護師です。家には祖母もいて、ほとんどの家事は祖母がやってくれています。祖母と母は実の親子なんで遠慮《えんりょ》がないといおうかなんといおうか、ケンカをすると罵詈《ばり》雑言《ぞうごん》の嵐《あらし》です」

「ケンカ？　それは興味深い」

黒宮の目が輝《かがや》いた。変な所に喰《く》いついてくるものだ。

「どんなケンカ?」

「どんなって、口ゲンカですよ。女だから基本的に言葉の応酬《おうしゅう》です。はたで聞いてるとすごいこと言ってるんですけど、終わってしばらくたつとケロッとした顔で一緒にテレビを見ているんです。うち、テレビが居間に一台しかないから、どうしたってちっちゃいこたつを囲んでミカンを食べることになっちゃうんですよねー」

騒々《そうぞう》しい母子の日常を思い浮かべると、どうしても笑みがこぼれてしまう。三人しか暮らしていない家だが、標準的な家庭よりきっと賑《にぎ》やかな方だろう。

「敷地《しきち》面積と間取りを教えてもらえないだろうか」

黒宮らしい質問に、輝季はすらすらと答えた。黒宮は頷きながら耳を傾《かたむ》け、「一度、お邪魔《じゃま》させてもらいたい」と言った。

「別に俺はいいですけど……母と祖母がなんて言うかなぁ」

「見ず知らずの人間を家に上げるのはだめか?」

「いいえ、そうじゃなくて、二人とも黒宮先生のファンなんです。祖母なんて狂喜乱舞《きょうきらんぶ》して近所にふれ回ってしまいますよ。あげく興奮しすぎて倒れそうです」

冗談《じょうだん》ではなく、輝季は真剣《しんけん》に言ったのに、黒宮は楽しそうに声をたてて笑った。

その屈託《くったく》のない笑顔に、輝季はドキッとする。もともと美形の黒宮だ。なんの含《ふく》みもない楽しそうな笑顔は、男の輝季でも見惚《みと》れてしまうくらいに華《はな》やかだった。

祖母と母の話をちらりとしただけで、こんなに楽しそうにしてくれるなら——と、輝季は機会があったら黒宮を実家に連れて行こうと思った。

黒宮は賑やかであたたかな家庭を知らない。輝季の実家に興味を抱《いだ》いているようなので、連れて行ったらきっと面白《おもしろ》いと思う。祖母と母も喜ぶだろう。

このとき、間をおかずにそれが実現しようとは、輝季は予想もしていなかった。


カシミアのセーターを洗濯機《せんたくき》でぐるぐる洗ってはいけない——。

輝季は子供サイズに縮んでしまった黒宮のセーターを手に、ふるふると震《ふる》えた。

「ど、ど、どうしよう……」

また失敗をやらかしてしまった。高そうなセーターを着られなくしてしまったのだ。

黒宮の家にある最新家電にもずいぶん慣れてきた輝季だ。洗濯ぐらいなんでもない、と鼻歌まじりに洗剤《せんざい》を投入して運転ボタンを押したまではよかったが……。

まさかセーターは手洗いで、しかも専用の中性洗剤でなければならないなんて、ぜんぜん知らなかったのだ。

縮んでしまったセーターに愕然《がくぜん》とした輝季は、慌《あわ》てて実家の祖母に電話した。

『セーターの洗い方？』

電話の向こうでミツが首を傾《かし》げている様子が見えるようだった。

『作家先生のお宅で、あんた、家事をやっているのかい？　家ではなんにもやったことがないのに？』

「だから教えてくれって言ってるだろ」

『手編みじゃなけりゃ、内側に洗濯表示がついてるよ』

洗濯表示？　セーターをひっくり返してみて、ラベルがついているのを発見した。［毛　百パーセント（カシミア）］とある。その下になにやら絵が。

『セーターっていってもいろいろあるでしょ。ネットを使えば洗濯機ＯＫってのもあるよ。洗面器のマークがあって、手洗い中性って表示してあったら、洗濯機はだめだよ。洗剤は中性洗剤でね。その洗面器のマークに×がしてあったら、ドライクリーニングだからね』

輝季はセーターの表示を目にして凍《こお》りついた。洗面器のマークに×がしてある……。クリーニングに出さなければいけないセーターだったのか。

「ば、祖母《ばあ》ちゃん……、俺、間違《まちが》えて洗っちゃったよ……。すごく縮んじゃって……元に戻《もど》す方法ってなに？」

『あぁー、あんたはそそっかしいんだから。こんなことなら家事をきちんと教えておけばよかったねぇ。縮んだセーターを元に戻す方法なんてないよ。潔《いさぎよ》く謝りなさい』

「そんなぁ」

『いまドラマがいいとこなんだよ。じゃあね』

そう言ってミツに電話を切られた。ツーツーと無機質な電子音しか鳴らなくなった携帯電話《けいたいでんわ》を茫然《ぼうぜん》と握《にぎ》りしめる。

「マジでどうしよう……」

弁償《べんしょう》すれば許してくれるだろうか。これはいったいいくらぐらいするセーターだろうか。払《はら》えるかな。

いや、現実逃避《とうひ》をしてはいけない。この失敗を黒宮が見逃《みのが》してくれるはずがないのだ。これは絶対に――。

「さっきからサニタリーでなにをしているんだ？」

閉めておいたドアががちゃりと開いて、黒宮が覗《のぞ》きこんできた。輝季は慌ててセーターを丸めて背中に隠《かく》したが、隠しきれなかったようで黒宮がニヤリと笑う。

「なにを隠した？　私の衣類のようだが……洗濯してくれたのか？　なかなか気が利《き》くな」

「あ、あの、あの……」

黒宮が近づいてきて、輝季は真っ青になりながら後退《あとずさ》りした。壁《かべ》に追い詰《つ》められ、迫《せま》りくる黒宮に怯《おび》えた目を向ける。恐慌《きょうこう》状態のあまり、涙《なみだ》目になった自分を、黒宮がわくわくしながら見ていることに気付けない。

「隠したものを出しなさい」

輝季はぶるぶると頭を横に振《ふ》った。見つかったら大変、見つかったら大変！　それだけで頭がいっぱいになっている。

「なにか失敗をしたのか？　怒《おこ》らないから、ほら、出しなさい」

いままで聞いたことがないような優《やさ》しい声音《こわね》で囁《ささや》かれたが、輝季は蛇《へび》に睨《にら》まれたカエルのように動けなくなっていた。

「あっ」

黒宮に抱《だ》きすくめられるようにして体を引き寄せられ、後ろ手に隠したセーターをあっさり奪《うば》われる。縮んだセーターをちらりと見下ろし、黒宮は「ふむ」と頷《うなず》いた。

「見事なほどに縮んでいるな。さすがだ」

「………ごめんなさい………」

ミツの教え通りに、輝季はとりあえず謝った。

「セーターを洗濯機で洗っちゃいけないなんて、知らなかったから……」

「そうか」

黒宮はまた頷く。そんなに気に入っていないセーターだったのだろうか。怒っている様子はないことに、輝季は緊張《きんちょう》していた全身からフッと力を抜《ぬ》いた。

その瞬間《しゅんかん》を狙《ねら》ったように、あらためて黒宮の両腕《りょううで》が輝季を抱きしめてくる。ぐっと顔を近づけられ、鼻と鼻がくっつきそうな至近距離《きより》に目を白黒させてしまった。

「君は本当に隙《すき》だらけだな。しかも次々と家事を失敗させて、私に口実を与《あた》えている。素晴《すば》らしいよ。その生まれながらのM気質《きしつ》」

「え、えむ、気質？」

なんだそれは。そんなものがあったのか？　あったとしても勝手に自分を当てはめないでほしい。

「そのセーターは私の好きなブランドの限定品でね。もう手に入らないものなんだ」

「えっ？」

うそ……と輝季はますます青くなる。

「見事な縮み方だ。わざとやろうとしても、こうまで上手《うま》く縮まないだろうな。君はある意味、すごいよ」

褒《ほ》められているのか貶《けな》されているのか？　もしかして馬鹿《ばか》にされているのだろうか？

「さて、これはそうとうなペナルティを覚悟《かくご》してもらわないといけないね。おしおき、決定」

「うっ」

やっぱり。そういうことになるわけだ。なに？　なにされる？

「た、確かに、失敗したのは俺が悪かったと思います。けど、わざとじゃありません。俺は、先生のために洗濯くらいしてあげたいと――」

「ありがとう。私のためになにかしようとしてくれたんだね。嬉《うれ》しいよ」

「だったら、このくらい……」

「このセーターは私の気に入りだった。もう手に入らないものだし、弁償してもらっても虚《むな》しいばかりだ。この鬱憤《うっぷん》を、君の体で晴らさせてもらっても、誰《だれ》も私を責めないと思う」

「いや、そんなことはないと思います。誰かは責めます。俺が責めますっ」

「失敗した君にそんなことを言う権利はないんだよ」

「先生っ……」

チェシャ猫《ねこ》に通じる笑《え》みがじわりと最後の距離を詰めてくる。唇《くちびる》が重なる瞬間、輝季は目を閉じた。キスのマナーだからではない。黒宮の魅力《みりょく》的な整った顔のアップにそれ以上耐《た》えきれなかったからだ。

「んっ」

黒宮とのキスは、これでいったい何回目なんだろう。輝季は他人の唇の柔《やわ》らかさもぬくもりも、黒宮に教わったようなものだ。舌がどんなふうに動くと感じるのか、知りたくもないのに知るはめになった。

「んっんっんっ」

深く舌がまさぐってくる。黒宮の舌を追い出そうとして結果的に自分の舌を絡《から》め取られてしまい、輝季は抗議《こうぎ》の意味をこめて覆《おお》いかぶさってくる大きな肩《かた》を叩《たた》いた。

放してほしい。お願いだから。そんなに上顎《うわあご》を舐《な》めないで。舌を舌で扱《しご》くようにしないで。

「んっ………ん」

蕩《とろ》けるような心地好《ここちよ》さに、いつしか輝季は体を黒宮に預けていた。自由を求めて広い肩を叩いていた手は、無意識のうちに縋《すが》りつくようにして首に回っている。抵抗《ていこう》なんてどこかへ消えてしまった。

背中と後頭部を押さえていた黒宮の手が、するりと体の線にそって下がってくる。壁に押し付けられたまま、服の上から乳首《ちくび》を弄《いじ》られた。同時に足の付け根も。

「んんっ！」

嬌声《きょうせい》はくちづけの中だ。ディープキスだけで蕩けていた輝季の体は、ちょっとした指先の悪戯《いた》《ずら》だけで股間《こかん》に血を集めてしまった。硬《かた》くなったそこを、黒宮の長い指が揉《も》みこんでくる。口腔《こうこう》と股間と、同時に二カ所を嬲《なぶ》られて、あまりの気持ちよさに、輝季は陶然《とうぜん》となった。足に力が入らなくて、ずるずると背中で滑《すべ》って床《ゆか》に尻《しり》をついてしまう。黒宮の唇は執拗《しつよう》にくっついてきて、口腔は解放されなかった。

やんわりと黒宮の手が足を広げるようにと促《うなが》す。もっと触《さわ》って欲しいという純粋《じゅんすい》な欲望《よくぼう》でいっぱいの輝季は、従順に足を動かした。

ちちち、とファスナーが下ろされる。下着の薄《うす》い布を押し上げているものに触《ふ》れられて、ぞくぞくと腰《こし》が痺《しび》れた。

黒宮のきれいな指が、トランクスの布地をじわりと湿《しめ》らせている先端《せんたん》部分をぐりぐりと弄る。強烈《きょうれつ》な快感に輝季は息を呑《の》んだ。直接的な快感と同時に、嬲られている光景もまた輝季を興奮させた。

「若いな。もうこんなに硬くなっている」

からかう口調でささやかれ、輝季は目が覚めたように顔を上げた。黒宮と目が合い、すべてを見られていると思うと燃えるように顔面が熱くなった。

恥《は》ずかしくて居たたまれなくて黒宮の体から離れようとしたが、快感と羞恥《しゅうち》に震《ふる》える手には力が入らず、思うようにならない。

「こんなになってしまっては、出すしかないだろう。私がやってあげよう」

「えっ」

まさか、と唖然《あぜん》としているうちに、トランクスのゴム部分がぐいっと下げられてしまった。元気に飛び出した性器に、黒宮の長い指が絡みつく。

「あっ……………」

他人に直接触れられたのは、はじめてだ。ゆっくりと上下に扱かれて、あまりの心地好さになにも考えられなくなった。

「かわいいな。これだけでもう動けないのか？」

なにを言われても、言い返すだけの余裕《よゆう》がない。濡《ぬ》れた音がするのは、大量の先走りか。

「いいね。よく濡れるのは、嫌《きら》いじゃない」

絶え間なく喘《あえ》ぎがこぼれる唇に、黒宮がちゅっとキスをしてくる。片方の手がシャツのボタンを上から順番に外しているのを、輝季は霞《かす》む視界の中で見ていた。胸と腹が晒《さら》されると、黒宮が乳首に唇を寄せる。

「あ………んっ、うっ」

乳首を吸われた。電流のような快感が全身に走り、輝季はたまらずに目を閉じてのけ反った。唇は両方の乳首を交互《こうご》に愛撫《あいぶ》したあと、腹部のいたるところにキスマークを残し、臍《へそ》の周囲を甘く噛《か》んだ。

「あぅ、あ、やだっ、んっ」

「君はなにをどうされても感じるみたいだね。素晴らしい」

臍に向かって褒められたが、輝季の耳にはいままともな言語は入っていかなくなっている。もういきたくていきたくてたまらなかった。自慰《じい》ならとっくに出してしまっているころだ。

「あぁ、もっと、もっと……っ」

「君はエッチだね。もっとしてほしいのか?」

かくかくかくと素直《すなお》に頷き、輝季は腰を突《つ》き上げるような動きをしてみせた。もうちょっとでいける。あとちょっとだけ、扱いてくれたら。

「あ、あ、先生、先生ぇ」

ねだるように呼んだつもりだが、愛撫の手は緩《ゆる》みがちだ。もっとしてほしいのに、どうしてしてくれないのか。ぱんぱんに腫《は》れた性器が痛い。全身がずくずくと疼《うず》くようで、とても辛《つら》かった。

「お、おねがい、先生……」

辛くて涙《なみだ》がこぼれた。自分で刺激《しげき》してしまえ、という発想は浮《う》かばなかった。黒宮がしてくれているのだから、黒宮が最後までするのだろうと、どこかで決めつけている輝季だ。

「君の涙は、本当にきれいだ。とてもいい」

「あ、あ、あ、あ」

先端だけを指先でぐりぐりといじめられ、輝季は泣きながら腰を震わせた。痛いのに気持ちいい。でも射精にいたるほどの刺激ではない。

「たすけて、先生、たすけてよぉ」

めそめそと泣きはじめた輝季を、黒宮は舌舐《したな》めずりでもしかねないほどの獲物《えもの》を前にした猛《もう》獣《じゅう》モードで食い入るように見つめてくる。

「そろそろ、いかせてあげようか」

「うん、うんっ」

輝季は必死で頷《うなず》いた。やがて性器を扱く指に力がこめられ、絶妙《ぜつみょう》なタイミングで乳首にくちづけが落とされる。焦《じ》らされていたせいか、輝季はもうもたなかった。

「あっ、あっ、あー……っ！」

射精の瞬間《しゅんかん》、声を上げたのははじめてのことだった。それだけ、他人の手による絶頂は激しかった。

白濁《はくだく》は断続的に先端から吹《ふ》き出し、自らの腹を汚《よご》していく。最後の一滴《ひとしずく》まで出し切るように根元から扱かれて、輝季はぐったりとサニタリーの床に伸《の》びた。

「色っぽい格好だが、今夜はここまでにしておこうか？　それとももっとしたい？」

輝季ははっと目を開き、惨状《さんじょう》というべき自分とサニタリーの乱れ具合に茫然《ぼうぜん》とした。バスマットは輝季に蹴《け》られて壁際《かべぎわ》でしわくちゃになり、洗濯《せんたく》かごに入れてあった洗濯済みの衣類はかごとともにひっくりかえっている。

そして、あるていどの広さがあるとはいえ、サニタリーには独特な体液の臭《にお》いが充満《じゅうまん》してしまっていた。

輝季自身もひどい格好だ。股間から胸までを露出《ろしゅつ》して、白濁で汚している。ほとんど服を乱していない黒宮は、涼《すず》しい顔をして輝季を見下ろしていた。

「おしおきの続きをしてほしいなら、喜んで取り組むが？」

「けっ、けっこうですっ！」

輝季はあわあわとバスルームの方へと這《は》っていく。引き留めようとする黒宮の手を逃《のが》れ、輝季はなんとかバスルームのドアを閉めて鍵《かぎ》をかけた。

ひとりきりになって、輝季は愕然《がくぜん》とする。とんでもないことをしてしまったと、頭を抱《かか》えた。

「いくらなんでも……セクハラすぎだろ……」

編集者のくせに言葉の使い方が間《ま》違《ちが》っていることにすら、輝季は衝撃《しょうげき》のあまり思い至らなかった。

このままここにいたら、自分はいったいどうなってしまうんだろう？　原稿《げんこう》のことがあるから拒絶《きょぜつ》しきれないとしても、もうちょっとかわし方があるように思う。それなのに、黒宮に触れられるとぐずぐずになって喘いでしまっている現実……。

経験がないのではっきりとはわからないが、きっと黒宮は上手なんだろう。以前にも自分でそう言っていた。

『お尻に突っ込まれた？』

あっけらかんと怖《こわ》い質問をしてきた辻ノ上。原稿のために覚悟《かくご》しておけと言われているが、本当に、真剣《しんけん》に、マジで、お尻の貞操《ていそう》を奪《うば》われるときが来るのだろうか？

「は、ははははは、そんなまさか」

声に出して明るく否定してみる。だがすぐに、がくりと肩《かた》を落とした。

――ありえる……。この流れでいったら、どんどん行為《こうい》はエスカレートしていって、黒宮に初めてを捧《ささ》げてしまうことになりそうだ……。

「……帰りたい……」

輝季はぐすんと洟《はな》をすすった。

なんだかんだいっても、真面目《まじめ》な輝季は原稿をもらうまえに黒宮のマンションを出ることはできないと、我慢《がまん》して留まった。

黒宮がそばに立つとぎくっと警戒《けいかい》してしまうが、それから数日は直接肌《はだ》に触れるようなセクハラはなく——お尻タッチと頬《ほお》にキスはあったが——比較的《ひかくてき》、平和な日が続いた。

「失礼しまーす」

黒宮が留守だとわかっているが、一応、プライベート空間に足を踏《ふ》みいれるときはノックと声掛《か》けは守っている輝季だ。今日は失敗なく終えることができた洗濯ものを抱えて、黒宮のベッドルームに入った。

特訓の結果、なんとかたためるようになった衣類をベッドの上に置いて、そそくさと出ようとする。主がいないとわかっているのにクィーンサイズのベッドの迫力《はくりょく》に落ち着かない気分になるのだ。

「ん?」

ベッドの横のローチェストの引き出しが、ひとつだけ中途半端《ちゅうとはんぱ》に開いているのを見つけた。中を覗《のぞ》くつもりはなかったが、気付いたので押し込むことくらいはしておこうと近づき、うっかり中がちらっと見えてしまった。

「えっ？」

どぎついピンク色の物体が見え、輝季はあるものを瞬時《しゅんじ》に思い浮かべる。実物を手に取ったことはないが、エロ雑誌の広告ページやアダルトビデオの中でなら見たことがあるものだ。

おそるおそる……まさに怖いもの見たさで、引き出しを開けた。

「ひぃっ」

指先を毒針に刺《さ》されそうになった乙女《おとめ》のごとく、輝季は悲鳴とともに手を引っ込めた。

ピンク色の物体は、想像通りローターだった。

それだけではない、引き出しの中にはローションやコンドーム、ファーがついた手錠《てじょう》、リアルな形状のバイブ、その他用途《ようと》がわからないもの――箱に入ったままの新品も――とにかく、色々なアダルトグッズがぎっしりと入っていたのだ。

つい最近、ネットで検索《けんさく》してアナルセックスという行為が昔からあると知ったばかりの輝季だ。そのときにお尻《しり》専用のバイブがあることも学んだ。まさにそれそのものも、引き出しに入っている。

くらりと眩暈《めまい》がして、輝季は座りこんでしまった。

「……どうして、こんなもの……」

箱から出ているものは使用したことがあるということか。新品がなぜこんなにいくつもあるのか。黒宮はやっぱりSの変態だったのか。輝季もそのうち、これらの道具で体を開発されて――。

思わず輝季は手でお尻を押さえた。

無理だ。自分にはそんなことできない。いくら原稿のためでも、辻ノ上のためでも、やっぱり無理なものは無理！

「編集長、ごめんなさい～っ！」

輝季は泣きながらベッドルームを飛び出し、財布《さいふ》ひとつだけ握《にぎ》りしめてマンションを出奔《しゅっぽん》したのだった。行き先は、当然のことながら、実家だ。

「今夜は久しぶりに輝季が帰ってきたから、すき焼きにしようね」

祖母のミツが嬉《うれ》しそうにカセットコンロを出してきて、こたつに置いている。しばらく仕事で帰れないと告げたときは、仕方がないねとあっさりしていたのに、やはり寂《さび》しく思ってくれていたようだ。

ミツの笑顔《えがお》に、輝季はあたたかい気持ちになって、心からの笑みがこぼれた。

「祖母《ばあ》ちゃん、手伝うよ」

「ここはいいから、輝季は道子を起こしてきてよ」

「ん、わかった」

夜勤明けで寝《ね》ている母を起こすために、輝季は三階へ上がる。ドア越《ご》しに声をかけると道子はすぐに目が覚めたようで、着替《きが》えたらリビングに下りると返事をした。

階段を下りながら、ポケットの中でごろごろと異物感を主張している携帯電話《けいたいでんわ》を気にした。

まだどこからも電話がかかってきていない。黒宮のマンションを飛び出してきてから三時間ほどしかたっていないから、黒宮は帰宅していないのだろうか。

それとも輝季の姿がないのは、ただ編集部で忙《いそが》しくしているからだと思っているのだろうか。

どちらにしろ、輝季が実家に帰っていることには、まだ気付いていないのだろう。

とりあえず一晩くらい黒宮のマンションに戻《もど》らなくても、編集部に泊《と》まりこんだとでも言い訳すれば疑われることはない。

問題は明日以降だ。二晩続けて戻らなければ、黒宮は不審《ふしん》に思って辻ノ上に連絡《れんらく》を取るにちがいない。

どうしよう……。クビを覚悟で、もう黒宮との同居は解消したいと言ってしまうか？

ああでも、この不景気な世の中で、再就職先がそう簡単に見つかるとは思えない。それに、子供のころからの夢だった編集者になれたのに、まだなにも仕事らしい仕事をしていないのだ。心残りがあり過ぎる。

だからといって、黒宮に体を差し出すわけには——。

階段の途中《とちゅう》で苦悩《くのう》する輝季の耳に、玄関《げんかん》のインターホンの音が聞こえた。ミツが応対している声がかすかに聞こえる。リビングに戻ると、ミツが壁《かべ》に埋《う》め込まれたモニターに返事をして、通話を終えたところだった。玄関ドアのロックが解除されるボタンを押している。

「だれかお客さんなの？」

「大変だよ。大変っ！」

振《ふ》り返ったミツは頰を紅潮させて、目をきらきらと輝《かがや》かせていた。

「ああもう、どうしよう。こんなことなら美容院に行っておけばよかった！」

ミツは慌《あわ》てて手櫛《てぐし》で髪《かみ》を撫《な》でつけはじめる。うきうきと、まるで彼氏が自宅に遊びに来たと騒《さわ》ぐ女子高生のようだ。いつも落ち着きがない祖母だが、こんなに興奮している様子ははじめて見る。

「だから誰《だれ》が来たんだって。あ、もしかして、カルチャースクールで知り合ったっていう、六十歳のイケメン？」

「違《ちが》うわよ。黒宮様！」

「……………………え？」

輝季はカチンとその場に凍《こお》りついた。

「黒宮様よ！」

「……………まさか………」

空耳であってほしい。またはミツの勘違《かんちが》いであってほしい。背後の階段から、上ってくる足音が聞こえるのは、幻聴《げんちょう》であってほしい。

「あんた、どうして言ってくれなかったのよ。ここのとこ仕事で作家先生の家に泊まるっていって留守していたけど、黒宮様のマンションに住まわせてもらっていたんだって？　そんなに重大なこと、どうしてちゃんとお祖母ちゃんに言わないの！」

リビングのドアがかちゃりと開き、ミツが目を見開いて頬を染めた。揉《も》み手をせんばかりに両手を組み、聞いたこともないくらいの甲高《かんだか》い声でミツは客を歓待《かんたい》する。

「黒宮様！　いらっしゃいませ！」

振り返りたくない。

なぜこんなに早く実家に来たのかとか、そもそもここの住所を知っていたのかとか、二階に下りてくるのがあと一分早ければインターホンで黒宮の来訪を知り、居留守を使ったのにとか——さまざまな疑問と後悔《こうかい》が渦《うず》を巻いた。

「はじめまして、黒宮です。突然《とつぜん》お邪魔《じゃま》してしまって、すみません」

「いえいえ、大歓迎《だいかんげい》ですわ。いつも孫がお世話になっております。祖母のミツと申します」

ミツは深々と頭を下げ、おほほほと上品な笑い声をたてている。

「お祖母さんでしたか。あまりにもお若いので、お母さんかと思いました」

「あらあらまあ、そんな。おほほほほほ。狭苦《せまくる》しくて黒宮様には似合わない家ですけど、どう

ぞ寛《くつろ》いでいってください。あの、庶民《しょみん》的なこたつしかないんですけど、どうぞ座ってくださ
い」

ミツはそう言って、そそくさと台所へ入っていく。急いでお茶の用意をはじめた。

棒立ちになったままの輝季の肩《かた》に、ぽんと手が置かれた。

「輝季、職場放棄《ほうき》とは、感心しないな」

ひそりと囁《ささや》いたのは、ミツに聞こえないようにという黒宮らしからぬ配慮《はいりょ》だろうが、耳に息がかかってうなじがぞくりとした。

あっと声を上げてしまいそうになり、あわてて唇《くちびる》を噛《か》む。

「あ、あの、俺………」

同居を解消したい、そう言いたいのに、言葉が喉《のど》で詰《つ》まったようになって出てこない。

辻ノ上の顔と父親の顔が頭の中をぐるぐると回っていた。黒宮を怒《おこ》らせたくはないし、原稿《げんこう》だってほしい。父親のように立派な編集者になりたい。でも——。

「私に話があるのか?」

「は、はい」

「わかった。それは帰ってから、ゆっくりと話を聞こう」

意外な反応に、輝季は黒宮を振り返った。大学から戻ってすぐにここに向かったのか、いつものスーツとコートという格好だった。

ミツが頬《ほお》を赤らめるのも頷《うなず》けるほど、黒宮のスーツ姿は色気と迫力《はくりょく》がある。こんな男が大学構内を歩いているなんて、学生たちは……特に女子大生たちなんて、勉学どころではなく浮足《うきあし》立ってしまうのではないだろうか。

そんなふうに思うこと自体、輝季は感覚がおかしくなっているのだが、自分では気付いていなかった。

そこに三階から、母の道子が下りてくる。黒宮を見て驚《おどろ》き、ミツが台所から飛び出してきて、事情を説明した。女はいくつになってもかしましい。

やかんがピーと音をたてて沸騰を知らせているのに、興奮したミツは気付いていないようなので、輝季がしかたなく台所へ行って火を止めた。

黒宮は年代物のこたつと天板の上に乗っているカセットコンロを興味深げに見ていた。

「今夜は鍋《なべ》の予定だったのか」

適当にコーヒーを淹れて持っていった輝季に、黒宮が聞いてきた。

「すき焼きだそうです」

「そうなんです、すき焼きです！」

女二人が満面の笑みで反応良く振り返るのは、ちょっと怖《こわ》いものがある。

「ぜひ黒宮様も食べていってくださいさい。特上の和牛…とはいかないんですけど、そこそこの肉は用意してあります」

「お祖母ちゃんのわりしたは絶品です。ぜひ味わっていってください～」

せっかく大ファンの有名人が来たのだから、そう簡単には帰さないぞという気迫《きはく》をびしばしと放っているミツと道子だ。余計な口を挟《はさ》もうものなら天誅《てんちゅう》をくらいそうで、輝季は傍観《ぼうかん》しているしかない。

「では、お言葉に甘えて――」

黒宮が微笑《ほほえ》みながら頷いた。

「きゃー、やったー！」

「すごいー、黒宮様がうちですき焼きーっ！」

ミツと道子の狂喜乱舞《きょうきらんぶ》は、さすがの輝季もいい加減にしてくれと、途中で止めに入らなければならないほど続いた。

すぐにすき焼きの準備が整えられ、カセットコンロに火がつけられる。ミツが手早く具材を投入し、わりしたを注ぐのを、黒宮は黙《だま》って見ていた。

そういえば、黒宮との食事で鍋を食べたことはない。大学の先生なんてしているから細かいことにうるさい神経質な性質《たち》で、もしかしたら鍋奉行《なべぶぎょう》かもと予想したが、ミツのやり方にまったく口を挟まないところを見ると、鍋にうるさい方ではないらしい。

「さあどうぞ」

いつもは輝季の前に置かれる一番の皿が、黒宮の前に置かれた。すくなからずショックを受けた輝季を、黒宮がちらりと見遣《みや》ってくる。口元がかすかに笑ったのを見て、輝季は恥《は》ずかしくなって俯《うつむ》くしかない。

「ほら、輝季も食べなさい」

道子が生卵を割った小鉢《こばち》に牛肉と野菜をよそってくれた。久しぶりのすき焼きは、ミツの味がして美味《おい》しい。

輝季にとって、安心して食べられる、実家の味なのだ。黒宮はどうだろうかと、顔色をうかがってみると、穏《おだ》やかな表情でミツに勧《すす》められるままにご飯のおかわりをしていた。

ごちゃごちゃとした、ぜんぜんスタイリッシュではない下町の民家のこたつで、すき焼き鍋を囲む黒宮。口うるさい年寄りと中年のおばさんに挟まれているが、黒宮はとてもリラックスした感じで、よく食べていた。

輝季はほっとして、自分もおかわりしたのだった。


黒宮に連れられて輝季がマンションに戻《もど》ったのは、午後十一時を過ぎ、もうすこしで日付が変わるという遅《おそ》い時刻だった。

ミツと道子に引きとめられて、こんな時間になってしまったのだ。引きとめられていたのは、主に黒宮だが。

「先生、大丈夫《だいじょうぶ》ですか？　お水、持ってきましょうか」

女たちに勧められてビールを飲んだ黒宮は、ほのかに頬を赤くしている。晩酌《ばんしゃく》をする男ではないので、輝季は黒宮がアルコールを口にする場面を、今日はじめて見た。

一見、酒に強そうだが、意外なことに弱いのかもしれない。黒宮は帰宅してすぐにコートも脱《ぬ》がずにリビングのソファにどさりと座り、天井《てんじょう》を仰《あお》ぎながら両手で顔をごしごしと擦《こす》っている。

「水、頼《たの》む」

「はい。ちょっと待っててください」

輝季は急いでキッチンに行き、冷蔵庫から水のペットボトルを出して差し出した。

「大丈夫ですか？」

蓋《ふた》を開けて渡《わた》した方がいいかなと思いついたときだった。ペットボトルを持った右手首を、黒宮がガシッと摑《つか》んできた。

ペットボトルと腕《うで》の区別がつかないほど酔《よ》っているのかなと心配になった輝季だが、背もたれに体重を預けていた黒宮がゆっくりと起き上がりこちらを見上げてきた目を見て、とんでもない勘違《かんちが》いをしていたことに気づいた。

「君は本当に、学習能力がないな」

「先生……」

黒宮の目はまったく酔っていない。いつもよりずっとずっと意地悪そうな笑《え》みを浮《う》かべ、摑んだ手首を引いてくる。よろめいた輝季は、すとんと黒宮の腕の中におさまってしまった。

ごとんと音をたててペットボトルが床《ゆか》に落ち、転がっていく。救いを求めるようにそれの動きを目で追った輝季だが、黒宮の手に顎《あご》を捕《と》らわれ、強引《ごういん》に正面を向かされた。

鼻先が触《ふ》れるほどの距離《きょり》で、きらきらと輝《かがや》く黒宮の瞳《ひとみ》と対峙《たいじ》させられ、輝季は金縛《かなしば》りにあったように動けなくなった。

「せっかく実家に逃《に》げたのに、のこのこと戻ってきて——」

「えっ、でも」

あとで話を聞くと言ってくれたのは黒宮だ。そのつもりで一緒《いっしょ》に帰ってきたのだ。

「戻ってきたらどうなるか、考えなかったのか？」

服の上から背中をさわさわと擦られる。ただ撫《な》でているだけといった手つきではない。案の定、黒宮の手はすぐに腰《こし》のあたりに進み、尻《しり》をぐにぐにと揉《も》みはじめた。じわりと尻の肉が熱くなってくるのはなぜだ。

「君がどうして衝動《しょうどう》的に実家に帰ったのか、私はわかっているつもりだ」

耳元に息を吹《ふ》きかけられながらの小声は、悪い薬のように輝季を聴覚《ちょうかく》から痺《しび》れさせようとしているように思える。

「アレを、見たね」

輝季はギクッと肩《かた》を揺《ゆ》らしてしまった。アレと言われただけで具体的に内容を告げられたわけではないのだから、しらばっくれればいいのに、輝季は馬鹿《ばか》正直にも体で反応してしまう。

「な、なんのこと……ですか……」

「君は嘘《うそ》が下手《へた》だ。まあ、そこがかわいいんだけれどね」

くすくすと笑われて、輝季はカッと頬を赤く染めた。

「あっ」

ぐにぐにと揉まれ続けている尻ごと、さらに腰を引き寄せられ、おたがいの下腹部同士が密着した。押しつけられてはじめて、輝季は自分が勃《た》ちかけていることに気付かされる。焦《あせ》って離《はな》れようとしたが、黒宮が許すわけがない。

それどころか大腿部《だいたいぶ》で押し上げるようにされて、余計な刺激《しげき》にさらに硬《かた》くなってしまった。

「尻を揉まれて感じた？　あどけない顔をして、君は淫乱《いんらん》なんだな」

「ち、違《ちが》いますっ」

否定しても説得力がないことくらい自覚しているが、ここで肯定《こうてい》することなんてできるわけがない。そもそも輝季は黒宮にセクハラされるまで、その手の経験がまるでなかったのだから、自分が淫乱か淡白《たんぱく》かなんて判断できないのだ。

「違うなら、どうして勃っているんだ？」

「う……」

恥ずかしくて泣きたくなり、輝季は目を潤《うる》ませた。尻の谷間に、指がぐっとめり込んできた。

「ひっ」

服の上からだが、意図的な動きに全身が緊張《きんちょう》する。黒宮が喉《のど》の奥でくくと笑った。

「私の寝室《しんしつ》でアレを見つけたんだろう」

二人きりなのに内緒話《ないしょばなし》のようにぐっと声のトーンが落とされる。吐息《といき》と変わらないほどの声なのに、輝季の耳にははっきりと届いていた。まるで黒宮の声しかもう聞き取れない耳になってしまったかのように。

「アレらを、もしかして君ははじめて見たのかな？」

「ア、アレ……って、あの……」

「バイブや、ローターのことだ」

「先生っ」

ノーブルな黒宮の口から発せられた道具の名称《めいしょう》に、輝季の方が居たたまれなくなる。

「自分に使われるのではないかと怖《こわ》くなって、君は実家に逃げ帰った。そうだろう？　実際に使われるところを想像してみた？　ここに、アナル用のバイブを挿入《そうにゅう》されたり……」

尻の谷間をまたぐいぐいと指で押され、輝季は「うっ」とのけ反った。

「勃起《ぼっき》したここにローターを当てられたり……」

片手が前に回り、輝季の股間《こかん》をぎゅっと握《にぎ》ってきた。痛いほどの刺激に快感が走り、先端《せんたん》から先走りがあふれるのがわかって、動揺《どうよう》のあまり涙《なみだ》が滲《にじ》む。

どうして体が勝手に高ぶってしまうのかわからない。感じたくなんかないのに。黒宮にとってはただの遊びで、面白《おもしろ》半分でやっていることなのに。

「……先生っ、勘弁《かんべん》してください」

とうとう、ぽろりと目尻《めじり》から大粒《おおつぶ》の涙がこぼれた。頬《ほお》をつたう涙を、黒宮の舌が受けとめる。

「なぜ泣く？　そんなに嫌《いや》なら、死《し》に物狂《ものぐる》いで抵抗《ていこう》すればいい」

「そんなことできません。だって原稿《げんこう》が……」

「君は本当に愚《おろ》かだね。辻ノ上さんのために、好きでもない――しかも男にこんなことをされて我慢《がまん》するなんて」

わずかに棘《とげ》がある声音《こわね》に聞こえるのは、輝季の気のせいだろうか。

「私のことを嫌《きら》いになったか？　原稿を盾《たて》に猥褻《わいせつ》な行為《こうい》を強要するなんて、とんでもない男だと幻滅《げんめつ》したか？　それならそうと辻ノ上さんに注進すればいい。あの人は君の父親代わりなんだろう」

「嫌いになっていませんよぉ」

えぐえぐと泣きながら、輝季はなにも考えずにただ本心を告げた。こんなことまでされているのに、輝季はなぜか黒宮のことを嫌いになれないのだ。

もともと有名な文化人の中では格好良いと思っていた。同居してからは、ささいな仕草にドキリとしたり、見つめられてぼうっとしたりと目を奪《うば》われることが多くて、自分のことながら困惑《こんわく》しているくらいだ。

「俺は、先生のこと、嫌いじゃないです」

「では好きなんだな？」

涙で濡《ぬ》れたまつげをぱしぱしさせて、輝季はしばし考えた。この質問は、男女どちらとも恋《れん》愛《あい》できる黒宮の、そういう意味をこめた問いかけなんだろうか。それとも人間として好きかということだろうか。

質問の意図もわからないが、輝季は自分の気持ちもわからなかった。同性である男を相手にこんなことをするなんて、黒宮と同居するまでは考えたこともないのだ。それなのに、黒宮にいろいろといたされても嫌悪感《けんおかん》どころか快感ばかりで、日々感度が上がっていっているような気がする。

輝季はバイ……あるいはゲイだったのだろうか？

「…………わかりません………」

混乱している胸の内をそのまま言葉にして項垂《うなだ》れる。そのしょぼくれた様子のどこが面白いのか、黒宮は「あははは」と声をたてて楽しげに笑った。

「君は本当にかわいいよ」

黒宮は何度も輝季にかわいいと言うけれど、まるでペットを愛《め》でるような響《ひび》きだし、成人した男が言われて喜ぶ言葉ではない。嫌われて、いやがらせのために構われているのではないのだろうなという判断にはなるが——。

「さあ、おいで」

「えっ？」

ひょいと抱《だ》きあげられて、輝季は唖然《あぜん》とした。いくら体格差があるとはいえ、成人した男を横抱《よこだ》きにして平気な顔をしている黒宮はすごい。そのまま輝季はベッドルームに運ばれてしまった。

クィーンサイズのベッドにぽんと放り投げられ、目を白黒させている間に、黒宮はドアを閉めて照明の調節をしている。リモコンで薄暗《うすぐら》いくらいの明るさにし、「真っ暗にしたら楽しくないからね」と微笑《ほほえ》んだ。

「明るくして君の体が隅々《すみずみ》までよく見えるようにしてもいいが、最初からそれでは嫌だろう？」

「あ、あの、あの？」

どうしてベッド？　暗くしていまからなにを？　想像はつくが、怖くて直視したくない。

「私に無断で実家に帰ったおしおきをしないとね」

やっぱりぃぃっ！

コートとスーツの上着を脱《ぬ》いだ黒宮は、ネクタイを抜《ぬ》きながらベッドに乗りあがってきた。

仕事をしているときは理知的なのに、いまや獰猛《どうもう》な獣《けもの》が餌《えさ》を狩《か》るときのように飢《う》えた目をしている。いまから輝季は食べられるのだ。がぶりと――いや、ねちねちと？

実家に逃《に》げ帰ったのなら、そのまま家族に守られて、ここに戻《もど》ってこなければよかったと後悔《こうかい》してももう遅《おそ》い。やめてくださいと涙声《なみだごえ》で懇願《こんがん》する輝季に、黒宮は極上《ごくじょう》の笑顔《えがお》で伸《の》しかかってきた。

「このおしおきは、もしかしたら朝までかかるかもしれない。覚悟《かくご》をしておくように」

哀《あわ》れな悲鳴は濃厚《のうこう》なくちづけの中に消えた。

「あ、あ、あ……んっ、あ」

熱い。体が熱い。快感が波のように押し寄せては引いていく。いきたいのに、いけない状態がもうずいぶん長く続いていた。

下半身から聞こえてくる濡れた音と、自分の喘《あえ》ぎ声が混ざる。泣きながら悶《もだ》えて悶えて、シーツはとっくに皺《しわ》だらけになった。

「せ、先生、先生ぇ、もうやだ、やだよぉ」

「おや、気持ちよくないのか？　ここはこんなにとろとろに蕩《とろ》けてアナルビーズを飲みこんでいるのに？」

「あっ、あっ、あんっ」

からかう口調とともに、押し込められていたボール状のものがひとつずつ引き出される。強制的な排泄《はいせつ》に似た感覚は、さっきから何度も味わわされているものだ。粘膜《ねんまく》を擦《こす》られて背筋がぞくぞくするのは快感なんだと、無理やり教えられた。

性器はずっと勃起したままで、まだ一度も射精を許されていない。ぱんぱんに腫《は》れあがった性器は熱くて痛くて、気持ちいいのと辛《つら》いのとで涙が止まらなかった。

いじわるをしているのは黒宮なのに、輝季は助けてと手を伸ばす。張本人の黒宮に縋《すが》りついて、首に泣《な》き濡れた顔を押し付けた。

ワイシャツに涙だけではなく鼻水もついたが、そんなこと知らない。服を着たまま行為に及《およ》んでいる黒宮が悪いのだ。

黒宮は裸《はだか》になっていない。一糸まとわぬ姿にされたのは輝季だけだった。

それもなぜだか切ない。ワイシャツの上からでも無駄《むだ》な脂肪《しぼう》はないとわかる、黒宮の充実《じゅうじつ》した体を見たい。

どうして脱がないのか。輝季におしおきするだけなら脱ぐ必要はないのか。

「辛いか？　もういかせてほしい？」

「ほし、ほしい。いかせて、くださいっ」

こぼれ落ちる涙を、黒宮は唇《くちびる》で吸い取ってくれる。優《やさ》しいくちづけに、輝季は意地もプライドもなくなった。

「ごめ、ごめんなさい、もうしません。もう、黙《だま》って帰りません。ごめんなさぃ〜」

「本当に帰らないか？」

「うん、うん」

輝季は必死に頷《うなず》いた。よしよしと頭を撫《な》でられて、許されたのだとホッとする。

アナルビーズがゆっくりと抜き取られ、最後の一粒《ひとつぶ》が出ていくと、輝季はぐったりと全身を弛緩《しかん》させた。

さんざんに嬲《なぶ》られた後ろが、含《ふく》むものを失ってひくひくと疼《うず》いているのが怖い。なにも知らなかった無垢《むく》な窄《すぼ》まりは、そこで快感を得ることを覚えてしまったのだ。

「では、いかせてあげよう」

屹立《きつりつ》の根元に黒宮の指がかかり、きゅっと握《にぎ》られた。そのまま扱《しご》いてくれるのかと思いきや、根元を押さえるようにして動かない。

「先生？」

「心配しなくてもいかせてあげるよ」

「な、なに？　先生？」

ぐいっと片足を持ち上げられ、緩《ゆる》みきっている後ろの窄まりになにかがあてがわれた。

ぎょっとして視線を向けた先に、パンツの前を開いて輝季の股間《こかん》に腰《こし》を寄せている黒宮の姿が。

「先生っ、待って、待って、そんな――」

もしかしてとは思っていたけれど、まだ心の準備ができていない。

それに黒宮のそれは、ねちねちと出し入れされていたアナルビーズのどの玉よりもずっと大きくて太くて、輝季のものとは重量感がまるで違《ちが》っている。やっぱり体格に見合った立派なものだった。

「入りません、そんなの、おっきすぎて入りませんっ」

悲鳴を上げる輝季に、黒宮はくくと肩《かた》を震《ふる》わせて笑った。笑いながら、ぐっと先端《せんたん》を押しつけてくる。先っぽで窄まりをぬるぬると捏《こ》ねるようにされて、覚えさせられたばかりの快感がじわりとよみがえった。

「やめて、やだ、怖《こわ》い、怖いです、入っちゃいそうで、怖いですっ」

「君は男を煽《あお》る方法をよく知っている」

「煽る？　なに言って……」

「無意識なのがたまらない」

「あっ、待って、先生、あ…………っ！」

アナルビーズよりもずっとずっと大きなものが、襞《ひだ》を広げて押し入ってきた。

「痛い、痛いです、先生ぇ、痛いですぅ……」

容赦《ようしゃ》ない強さで、大きなものが奥へと進んでくる。痛みを訴《うった》えても黒宮は止まってくれず、潤《うる》んだ襞をいっぱいに広げられてじりじりと押し込められた。

「そう、上手だ。ちゃんと私を受け入れている。いい子だね」

褒《ほ》められて一瞬《いっしゅん》だけ力みが抜けた。それを狙《ねら》っていたかのように、ぐっと突《つ》き上げるようにして一気に根元まで挿入《そうにゅう》される。

「ひ…………っ！」

衝撃《しょうげき》に頭が真っ白になった。ひくひくと全身が痙攣《けいれん》する。黒宮の性器は、臍《へそ》の裏側あたりまで達しているかと錯覚《さっかく》するほどの存在感だった。

他人の肉体の一部が自分の中に留まっているなんて信じられない。どくどくと鼓動《こどう》が聞こえてくる。

「輝季、自分がいってしまったことに気付いているか？」

黒宮に指摘《してき》されて、輝季は挿入された衝撃で自分が射精していたことを知った。日に焼けていない白い腹部に白濁《はくだく》が散っている。限界まで高ぶっていたから、押し出されるようにして達してしまったのだ。

あまりのことに、輝季は呆然《ぼうぜん》とする。おまけに、出してしまったばかりなのに、輝季の性器は萎《な》えていなかった。もっとねだるようにして濡《ぬ》れた屹立が震えている。

「私は歓迎《かんげい》されているようだな。心地《ここち》いい締《し》め付けと、萎えないペニスが物語っている」

「なに……、あっ、んっ、痛いっ、やだ、先生っ」

黒宮の腰が動き出した。痛い痛いと繰《く》り返してはいるが、本当は痛いばかりではない。充分《じゅうぶん》に解《ほぐ》されていたそこは柔軟《じゅうなん》に黒宮を受け入れ、潤《うるお》っている。

アナルビーズで感じる場所を探されていたので、そこを屹立の先端で抉《えぐ》るように擦られると、輝季は指先まで快感でいっぱいになってしまう。

「……、……っ」

声もなく痙攣する輝季を、黒宮がぎゅっと抱《だ》きしめてきた。とんでもないことをされているのに、輝季は黒宮を頼《たよ》ってシャツにしがみつく。

「もっともっといかせてあげよう。私のおしおきは天国へ行くことで終了《しゅうりょう》するのだからね」

こめかみにキスを落とされる。ついでに涙《なみだ》を吸い取られ、輝季はぞくりと背筋を震わせた。

その動きがダイレクトに下半身に伝わり、あらたな快感となって輝季を悶えさせる。

もしかしたら朝までかかるかもしれない――。

はじまりの合図として囁《ささや》かれたセリフは本当だったと、輝季はあとで知ることになる。

「い、痛い……」

目覚めた輝季は、黒宮のクィーンサイズのベッドに、たった一人で寝《ね》ていた。

全身がぎしぎしと軋《きし》んでいる。尻《しり》の谷間はズキズキと鈍痛《どんつう》を発しているし、異常なほどに腰が重い。歩くことはおろかベッドから下りることすらできなかった。

気を失うようにして眠《ねむ》ったので、あの拷問《ごうもん》のような快楽地獄《じごく》がいつ終わったのか、よくわからなかった。いまは何時だろうか？　遮光《しゃこう》カーテンが窓を塞《ふさ》いでいるので外は見えない。部屋のどこかに時計があるだろうが、寝がえりをうつのも一苦労だ。

パジャマを着た覚えはないのに着ているということは、黒宮がやってくれたのだろうか。体液その他でどろどろになっていたはずなのに肌《はだ》がきれいなのも、黒宮が――？

「あ、起きた？　おはよう」

ベッドルームのドアが開いて、セーターとチノパンというラフな格好をした黒宮が入ってきた。いつにも増してにこにこと全開の笑顔《えがお》だ。すっきりしているように見えるのは、輝季の気のせいか？

「お、おはよう、ござ……」

声を出してみたら、がさがさに掠《かす》れていて我ながらびっくりする。喉《のど》が痛い。

「喉が嗄《か》れたみたいだな。まあ、あれだけ喘《あえ》いだり叫《さけ》んだり泣いたりすれば、当然か」

「な、な、…………！」

まるで他人事《ひとごと》のように黒宮は肩を竦《すく》めている。いろいろな……それこそ山ほどエロいことをされてしまった輝季は、こんな喉になってしまった数々の痴態《ちたい》を一気に思い出してしまい、呻《うめ》きながら両手で髪《かみ》をかきまわした。

「動けないだろう？　ではまずトイレに連れていってあげよう」

「えっ？　ちょっ、なに、わぁっ」

じたばたとする輝季を軽くあしらって横抱《よこだ》きにし、嬉々《きき》として輝季をサニタリーに運んで洋式便器に座らせてくれた。さすがに用を足す場面を眺《なが》めることはしなかったが、終わったころを見計らってサニタリーに戻《もど》ってきて、また抱っこで運んでくれる。

移動の途中《とちゅう》でリビングを通り、窓の外が夕焼け色に染まっていることにぎょっとした。何と翌日の夕方なのだ。

「編集部には休みの電話を入れておいたから、心配しなくてもいいよ。セックスのしすぎで起き上がれないなんてこと――」

「言ったんですかっ？」

「まさか。私はそこまで常識外れではない」

いや、黒宮ならありえると思って、本気で疑った。

「体調が悪くて寝込んでいるとだけ辻ノ上さんに伝えておいた」

「……ありがとうございます……」

こんな体にした張本人に礼を言うのはおかしいと思ったが、ほかに言いようがない。

「お腹《なか》が空いただろう。ここで待っていなさい」

黒宮は輝季をクィーンサイズのベッドに戻し、ベッドルームを出ていった。

ふと、輝季は自分がなぜこの部屋にいるのかと疑問に思う。いままで寝ていたのがここだったのは仕方がないにしても、与《あた》えてもらっている部屋に戻してもらえばよかった。

「食べやすいように、サンドイッチにしたよ」

しばらくするとサンドイッチとカフェオレ、コーンスープが乗ったトレイを手に、黒宮が戻ってきた。

「ここで食べていいんですか？」

「まだダイニングの椅子《いす》は辛《つら》いだろう。ここで食べなさい」

「………あの、自分の部屋のベッドに移りたいんですけど……」

「どうして？　ここは嫌《いや》か？」

「嫌というか……。だってここは先生の寝室《しんしつ》じゃないですか」

それに、ここで凌辱《りょうじょく》の限りを尽《つ》くされたのだ。お腹は空いているが、あんなことやこんなことを思い出すと食欲《しょくよく》が減退していく。

だがデリカシーの欠片《かけら》もないのか、それとも輝季の心情をわかっているうえで、意地悪しているのか、黒宮はここにいろと命じた。

「このベッドで休みなさい。君の部屋に行くことは許さない。いいね」

笑顔のままピシリと言い渡《わた》されて、輝季はしおしおと項垂《うなだ》れた。見守られながらサンドイッチをすこしずつ食べる。ひとりになりたくても、黒宮は離《はな》れなかった。はっきりいって、黒宮に看病されるのは嫌だったが、自力で動くことができず、しかも二人きりの生活でほかに誰《だれ》もいないのだからどうしようもない。黒宮の手を拒否《きょひ》すれば、輝季はトイレにも行けずに惨《みじ》めなことになるのだ。

今日は黒宮も大学を休んだという。講義を休みにすることはめったにないらしいのに、輝季の世話をするためだけに休講にしたのだ。信じられない。

二日目の午後になってやっとマンション内で自由に歩けるようになり、輝季は黒宮の目を盗《ぬす》んで辻ノ上に電話をかけた。

ベッドの上で頭から布団《ふとん》をかぶり、暗闇《くらやみ》の中でコキコキと携帯電話《けいたいでんわ》のボタンを押す。辻ノ上の携帯に直接かけた。呼び出し音は二回。会議中ではなかったらしく、すぐに出てくれた。

『もしもし？　テルちゃん？　具合が悪いんだって？』

今朝の病欠連絡《れんらく》は、輝季が自分でした。ぴたりとくっつく黒宮に見守られながらだが。電話に出た先輩《せんぱい》の編集者は、輝季の言葉を疑うことなく、心配してくれた。入社してからまだ十カ月だが、輝季の真面目《まじめ》な性格はみんなよく知ってくれていて、仮病《けびょう》を使うなんてきっと思ってもいないのだ。

いま黒宮は仕事の電話がかかってきて、書斎《しょさい》に行っている。黒宮は二日続けて大学を休んだ。寝ているあいだも起きているあいだも輝季から離れなくて、ずーっと観察されていた。いったいなにが楽しいのか、ぜんぜん理解できない。

ただ、輝季の体に配慮《はいりょ》してか、エッチなおしおきはなかった。キスだけは隙《すき》をみせると奪《うば》われたが。

そのキスの意味が、おしおきという名のセックスは、一度きりではないんだよ――そう言われているみたいで、体調が戻ったら、いつまたなにを口実に手を出されるかわからなかった。

黒宮は自分で「上手《うま》いから大丈夫《だいじょうぶ》」なんて言うだけあって、きっととても上手いのだろう。輝季はすぐにめろめろになって、あれよあれよという間に勃《た》たされていかされて、挿入《そうにゅう》されていた。はじめてなのに、あんあん言わされて、何度もいってしまった。

一度目にあれでは、二度目に抱《だ》かれたら、自分はいったいどうなってしまうのか――。

怖《こわ》かった。

快楽が怖い。黒宮が怖い。そして、自分が怖い。

あまりにも気持ちよくさせられて、あまりにも黒宮が優《やさ》しく触《ふ》れてきて、あまりにも丁寧《ていねい》に看護してくれるから、馬鹿《ばか》な輝季は勘違《かんちが》いしてしまいそうになっている。

このまま、ここに居続けてはいけない。もう、これ以上、黒宮にかわいいと言われてはいけない。キスされてはいけない。

「編集長、あの、俺……」

やられちゃいました――なんて言う勇気はない。でも辻ノ上に一言でいいから愚痴《ぐち》というか文句というか、とにかく大変だと訴《うった》えたかったのだ。

『先生の原稿《げんこう》はどのくらいまで進んでいる？』

まごまごと言葉を選んでいるうちに、辻ノ上の方から話を振《ふ》ってきた。しかも一番触《ふ》れられたくないところに。

「え、あの、原稿は………」

どこまでなんて、答えられるわけがない。進捗《しんちょく》状況《じょうきょう》なんてまったく知らないのだ。黒宮がきちんとツジ出版用の原稿にとりかかってくれているのかすら、定《さだ》かではない。

「へ、編集長、原稿のことじゃなくて、俺、もう実家に帰りたいんですけど……」

『帰りたい？　先生が帰っていいって？』

「いえ……そんなことは言われていません……」

『だったらまだだめだ。原稿が上がったら帰っていいぞ』

きっぱりとそう言われてしまい、輝季は布団の中でがくりと項垂れた。

『同居が辛いのか？』

辛いか、辛くないか……輝季は即答《そくとう》できなかった。

辛いと言えたらいいのだが、セクハラ――というか、エッチなおしおき以外はとてもよくしてくれる黒宮に、悪いと思ってしまう。

あんなことをされたのに黒宮を責められない自分は、かなりおかしい。やはりもう、手遅《ておく》れか。

『まだ我慢《がまん》できそうなら、原稿のために頑張《がんば》ってくれ』

「編集長……」

辻ノ上に現状を訴えたいのに、なんと言っていいかわからない。もどかしくて唇《くちびる》を嚙《か》んだ。

『……もしかして、やられちゃった？』

ギクッと携帯を持つ手が震《ふる》える。とっさに言葉を返すことができず、輝季は沈黙《ちんもく》してしまった。辻ノ上は「ふーん……」と頷《うなず》いている様子だ。

『ま、ひとつの経験だと思って、あきらめなさい。こういうこともあるんだと、良い勉強になっただろう？　じゃあね、頑張って』

通話は一方的に切れた。かけなおしても、辻ノ上になんと言って訴えればいいのか言葉が思いつかず、あきらめて携帯を閉じる。かぶっていた布団から顔を出した輝季は、そこに黒宮の姿を見つけてぎょっとした。

「電話をかけていたのか？」

静かな問いかけに、輝季は握《にぎ》っていた携帯電話をおどおどとサイドチェストに置いた。

なにも悪いことをしていないのに、黒宮の威圧《いあつ》的な態度に気押され、輝季は小さくなるしかない。

「どこにかけていた？」

「編集長にちょっと……」

そうか、と黒宮は頷き、ベッドに乗りあがってくる。射るような眼差《まなざ》しに、輝季は無意識のうちに尻《しり》でベッドの端《はし》へと逃《に》げた。

「ずいぶん回復したみたいだな。そろそろ、介護《かいご》ごっこも飽《あ》きてきた」

介護？　看護ではなくて？　しかも、ごっこ？　黒宮の頭の中ではいったいどんなプレイが成立していたのだ？

輝季の体を好き勝手にしたことを反省して、優しく面倒《めんどう》を見てくれていると思っていたが、どうやらそうではなかったらしい。

「せ、先生…？」

「後ろの調子はどうだ？　まだ痛いか？」

「後ろって、あ、あそこのこと？」

「丁寧に解《ほぐ》してやったから切れていなかったはずだ。擦《す》れて腫《は》れていただけだろう。もう良くなったのではないか？」

そんな確認《かくにん》をしてくるということは、またセックスすると宣言しているのと同じだ。

「まだ、まだ痛いです。ものすごく痛いです。ずきずきひりひりして死にそうです！」

必死でやめてくれと訴えたが、黒宮はふんと鼻で笑った。

「もう普通《ふつう》に歩けているだろう。嘘《うそ》を言ってはいけないな」

「嘘じゃないですぅ」

お願い、と両手をあわせて黒宮を拝んだが、容赦《ようしゃ》なく距離《きょり》を縮められて、すぐに伸《の》しかかられた。両肩《りょうかた》を押さえられて体重をかけられてしまえば、輝季はもう一センチも横にも縦にも動くことができなくなる。

「本当にまだ痛いのか？」

「痛いです！」

「そうか」

黒宮はニヤリと意地悪な笑《え》みを浮《う》かべてみせた。ぞっとしながらも、どこか官能が秘《ひ》められていて、同時にどきっと胸が高鳴ってしまうような……。

「そんなに痛いなら、私が診《み》てあげよう」

「えっ……」

「ほら、服を脱《ぬ》いで、私に尻を向けてごらん」

なんのことはない、黒宮の思い通りの展開に持っていかれ、輝季は茫然《ぼうぜん》とした。パジャマのボタンを上から順番にさっさと外されてしまい、あっという間に胸をはだけられる。

「いや、いやだ、もうあれはいやっ」

あんな快感、知りたくなかった。尻の奥を嬲《なぶ》られて絶頂に達するなんて。しかも黒宮は面白《おもしろ》がってやっている。輝季の体をおもちゃのように扱《あつか》っているのだ。

「やだぁっ」

拘束《こうそく》がふっと緩《ゆる》んだように思い、輝季は慌《あわ》ててくるりとひっくり返ってベッドから這《は》い出ようとした。だがそれは黒宮の思うつぼだった。黒宮に背中を見せてしまった輝季は、パジャマのズボンをつるりと脱がされて臀部《でんぶ》をあらわにされてしまってから、はじめて墓穴《ぼけつ》を掘《ほ》ったことに気付いた。

「うわっ、わわわわわっ」

「どれどれ」

谷間を両手でぐっと広げられ、そこを晒《さら》される。見られている羞恥《しゅうち》に、輝季は涙《なみ》ぐんだ。

「やめて、見ないで、先生、見ないでくださいー」

「なんだ、もうすっかり腫れも引いているじゃないか。これなら大丈夫だな」

「なにが、なにが大丈夫なんですかっ」

「ここに私を入れても大丈夫だなと、そう言ったんだ」

腰《こし》をがっしりとホールドされながら宣言に似たセリフを言われ、輝季は力なく項垂《うなだ》れた。

「先生……」

「なんだ？　はやくしてほしいのか？」

「だれもそんなこと言っていません……」

「そうか」

黒宮の吐息《といき》が臀部にかかっていた。輝季の尻を見てなにが楽しいのかわからないが、黒宮の声は弾《はず》んでいるように聞こえる。温度を感じるほどに吐息が近くなったなと思ったら、ふいにぬるりと谷間を柔《やわ》らかなものが滑《すべ》っていった。

はっとして首を捻じ曲げて振り返ると、谷間に顔を埋《うず》めている黒宮がいた。輝季のそこを舐《な》めているのだ。

「せ、先生っ？　なに、そんな、やめてくださいっ」

「なにをいまさら。もうここは私の舌を知っているぞ」

「……嘘……」

このあいだのセックスのとき、輝季が快感に朦朧《もうろう》としているあいだに、すでにこういう行為《こうい》はあったのか。

「あっ、あ……」

そんなところを舐められて気持ちいいなんて、輝季は信じられない思いを抱《かか》えながらも悶《もだ》えずにはいられない。じわじわと広がってくる快感に、全身の皮膚《ひふ》が震えて、汗《あせ》ばんでくるのがわかる。

「ひ、んんっ」

ぬるりと窄《すぼ》まりに指らしき太さのものが挿入《そうにゅう》された。唾液《だえき》をまとった指はぬるぬると窄まりを嬲っている。

黒宮は輝季の体を知り尽《つ》くしているのか、そうされてもまったく痛みはなく、快感ばかりだ。性器は反応よく半ば勃《た》ちあがっている。

「君は覚えがいい。私の指を吸いこむように動いているよ」

意識してやっているわけではない。黒宮の指はすぐに二本に増やされ、輝季はさんざん喘《あえ》がされた。やがて三本になり、充分《じゅうぶん》に解されたそこに黒宮自身が埋めこまれる。

「あ、あ、あ、あ…………っ！」

意識が蕩《とろ》けていく快楽に、輝季はなすすべもなく溺《おぼ》れていった。

テレビの中で黒宮が喋《しゃべ》っている。朝っぱらからすっきりとした空気をまとった黒宮は、強盗《ごうとう》殺人事件の容疑者の住居について持論を語っていた。

『この男は思春期からずっと、敷地《しきち》内の離《はな》れで寝起《ねお》きしていたそうですが、家族とコミュニケーションをまったく取っていなかったようですね。人間関係が煩《わずら》わしいと思っている思春期の子供に離れを与《あた》えるなんて、完全な間違《まちが》いです。子供はそれで自由を得たと喜ぶかもしれませんが、大切な時期に家族と距離を置くことが、人格形成においてどれだけマイナスになるかしれません』

よどみなく凜《りん》とした声で話す黒宮は堂々としていて、まさに「黒宮様」という呼び名にふさわしい。

『離れに住まわせることが全面的に悪いわけではありませんよ。朝晩の食事は母屋《おもや》できちんと一緒《いっしょ》にとり、会話をしてコミュニケーションを取れば、問題がもしあったとしてももっとずっと小さく済んだでしょう』

黒宮は優美な眉《まゆ》を片方だけキッと上げ、テレビ局では中堅《ちゅうけん》どころと呼ばれる司会の男性アナウンサーを睨《にら》んだ。

『この男の家族ははっきりと努力不足でした。こんなわかりきった事例にコメントさせるために、私をわざわざ早朝から呼びつけたわけですか？』

「うわぁ………、黒宮先生………」

たしかにそうなのだが、全国放送で言わなくても——と、輝季はこのあと視聴者《しちょうしゃ》から寄せられるクレームの数を想像して、プロデューサーやディレクターたちを気の毒に思った。だが、こうした何様の態度が、世の中の奥様たちを痺《しび》れさせているわけだが……。

『私は非常に忙《いそが》しい身です。こんなところで遊んでいる暇《ひま》はありません。しかも、臭《くさ》い』

黒宮はすぐ隣《となり》に座っているオカマキャラが売りの芸人をちらりと見た。アナウンサーが青くなっていくのがわかる。

『これ、どこのブランド香水《こうすい》か知りませんが、あなたに似合っていませんよ。やめたほうがいい。私はこの匂《にお》いを好きじゃない』

本当は黒宮の好みなど関係ない。しかも全国放送のテレビで言うことではない。だが誰《だれ》も突《つ》っ込むことができず、スタジオはしんとなった。慌《あわ》ててアナウンサーがCMにいく旨《むね》を視聴者に伝え、画面は朝らしい爽《さわ》やかな乳製品のCMになった。

だがその直前に、芸人がうっとりした目で黒宮の冷たい表情を見つめたのを、輝季は発見してしまっていた。きっと心の中で「黒宮様…」と呟《つぶや》いていることだろう。また一人、信奉者が誕生したわけだ。

もうこれ以上、信奉者という名の犠牲《ぎせい》者を増やしてほしくない。黒宮をあんな目で見つめる人間が世間にうようよしていると思うと——……思うと、なんだ？

「……行かなくちゃ……」

輝季は自分もそろそろ出社する時間だと気付き、ソファから立ちあがった。

いま自分の心が、危険な思考に発展しそうだった。危ない。

テレビではCMがなかなか終わらず、延々と流れ続けている。スタジオがどうなっているのか気になったが、たぶん黒宮はさっさとテレビ局を出て、大学に向かっているだろう。輝季とちがって頭の切り替《か》えがはやい黒宮は、コメントを求められた事件のことなど、とうに忘れているかもしれない。

取り上げられていた強盗殺人事件は三日前に起き、容疑者が逮捕《たいほ》されたのは昨日の昼間のことだった。夜になってテレビ局のディレクターから黒宮に電話があり、どうしてもと頼《たの》まれて急きょ出演した朝の情報番組だったのだ。

八時からの生放送のために、黒宮は五時に起きて出かけていった。

録画じゃないと大変なんだなぁと、輝季は呑気《のんき》に見送ったのだが——それはクィーンサイズのベッドの上からだった。

「あ、シーツ洗うの忘れてた」

輝季は黒宮の寝室《しんしつ》へ行き、ぐちゃぐちゃに乱れたベッドからシーツを剝《は》がす。

水色のシーツは染《し》みだらけだ。枕《まくら》カバーにも染みがあるのを見つけ、それも取って、まとめて洗濯機《せんたくき》に放りこんだ。乾燥《かんそう》まで自動でやってくれる洗濯機なので楽だ。仕事を終えて帰ってきたときに、きれいになっている。

「……なんか、毎日のようにシーツを洗っているような気がするんだけど……」

静かに回りはじめたドラム式の洗濯機を見下ろしながら、輝季はぽつりと呟く。気のせいではないことくらい、輝季が一番よく知っている。

シーツの染みは、潤滑《じゅんかつ》用のジェルと体液だ。唾液もあるかもしれない。輝季の涙《なみだ》も染みているかもしれない……。

毎日毎日、シーツは汚《よご》れる。そう、いまやこのマンションは新婚《しんこん》も驚《おどろ》くような、官能に満ち満ちた堕落《だらく》の園になっていた。

二回目を許してからは、もうなし崩《くず》し的に、毎晩押し倒《たお》されるようになったのだ。いけないことだと思いながらも、輝季は逆らいきれずに流されている。この世のものとは思えないほどに気持ちいいものだから――。

昨夜も抱《だ》かれてしまった。あんあんひぃひぃ言わされて、汚れたシーツの中でくっつきあって眠《ねむ》った。黒宮がきちんと五時に起きだして身支度《みじたく》を整え、颯爽《さっそう》と出かけていったのには驚いた。十二歳も年上のくせに、すごく元気で困ってしまう。

黒宮は過去の恋人《こいびと》たちも、あんなふうに情熱的に、かつ優《やさ》しく抱いたのだろうか。

輝季は最近、黒宮の過去が気になる。なにもかもがはじめてだった輝季とちがい、黒宮は経験が豊富だ。輝季は経験がなかっただけでなく、知識も乏《とぼ》しかった。いまでもそれは、たいして進歩していないにちがいない。

黒宮が望まないから、輝季がベッドの上で能動的になることはほとんどなく……こういうのをマグロと言うのだと、なにかで読んだ。

このままマグロでいいのだろうか。黒宮がつまらなく思って、飽《あ》きてしまったらどうしよう。もっと勉強して、いろいろとチャレンジした方がいいのかな。

そこまで考えて、輝季はハッとした。飽きてくれれば嬉《うれ》しいはずだ。輝季は望んで抱かれているわけではない。

そもそも輝季は誰かと同居したいという黒宮のリクエストに応《こた》えて、ここに来ただけのはずだ。恋人と同棲《どうせい》する雰囲気《ふんいき》を作るためではない。

本当は、甥《おい》っ子か年の離れた弟という役まわりだったのではないか。それなのに爛《ただ》れた関係になってしまって――。

きっと黒宮はそこまで深く考えていないだろう。ただ面白《おもしろ》いから手を出した、気持ちいいから続けているといったていどにちがいない。自分の専門分野に関してはうるさいのに、こと私生活となるといい加減だ。

今後どうなるのか考えると、輝季は憂鬱《ゆううつ》な気分になってくる。こんな関係、きっと飽きたらおしまいだ。いや、原稿《げんこう》が完成したらおしまいか。

黒宮がなにも考えていないなら、輝季がそのぶんきちんと思案して、深入りしないように、勘違《かんちが》いしないようにセーブしなければいけない。

「ううぅぅ、間違えちゃいけない、間違えちゃいけない」

呪文《じゅもん》のように唱えながら着替《きが》え、輝季は今日の段取りを無理やり頭の中に思い浮《う》かべる。編集部に着くころには完璧《かんぺき》に黒宮のことを意識から消し去りたい。そうしなければ、一日中、あの意地悪なセクハラ男のことで頭がいっぱいになってしまうのだ。

でも、黒宮のマンションから編集部まではとても近い。

当初、通勤が楽だと喜んだものだが――輝季にはもっと時間が必要で、黒宮を頭から追い出すことはなかなか成功しなかった。

「テルちゃん」

編集部で先輩《せんぱい》に頼まれた雑用をこなしていると、辻ノ上が声をかけてきた。

「先生の原稿の進み具合はどう？」

「あー……そうですね……」

輝季はそっと視線をそらし、困った気持ちを表情に出さないように努力した。実は、ここのところ黒宮との会話の中で原稿を話題にしていない。編集部にいる間は覚えているのだが、マンションに帰宅したとたん、いつも忘れてしまう。

というか、輝季の脳が考えることを拒否《きょひ》しているのかもしれない。原稿の完成は、すなわち同居が解消されることを指すからだ。

「ぼちぼち進んでいると思います」

「うーん、具体的にどのくらいか知りたいなー」

それはそうだろう。輝季も知りたい。だが黒宮はいままで一度として進捗《しんちょく》状況《じょうきょう》をあきらかにしたことがなかった。真面目《まじめ》に聞いてもはぐらかすばかりで。

「まぁ、そのうち僕からも聞いてみるよ」

「お願いします」

辻ノ上にはまともに答えるかもしれない。輝季が恐縮《きょうしゅく》しつつ頭を下げたとき、ごちゃごちゃとした自分のデスクの隅《すみ》っこで携帯電話《けいたいでんわ》が鳴った。黒宮携帯と表示があり、めったにかかってこない黒宮からの電話にびっくりする。

いつも用件は端的《たんてき》なメールだ。それも、帰りが遅《おそ》くなるだとか、時間があれば外で食事をしないかだとか、緊急《きんきゅう》を要さない内容。電話をかけてくるなんて、なにかあったのだろうか。

「はい、もしもし？」

『……輝季？』

「そうです。どうかしましたか？」

『いま、時間はあるか？　頼み事をしたいのだが』

「時間ですか？　えっと、あるような、ないような……」

やりかけの雑用と壁《かべ》の時計を交互《こうご》に見遣《みや》り、言葉を濁《にご》す。すると辻ノ上が「先生だろ。いいから用件を聞け」と小声で指示を出してくる。

「時間は大丈夫《だいじょうぶ》です。頼みってなんですか？」

『実は急に葬式《そうしき》ができて、行かなくてはならなくなった』

「えっ……。誰が亡《な》くなったんですか？」

親戚《しんせき》だろうか、仕事関係だろうか。黒宮の声に元気がないように感じるのは、きっと気のせいではない。親しい人かもしれない。

『私の恩師だ。高校時代の先生が亡くなったと、ついさっき連絡《れんらく》があった。今夜が通夜《つや》らしい。

場所が名古屋なので、すぐにでも新幹線に乗って行きたいのだが、どうしても片づけなくてはならない仕事があって……。君に黒のスーツを取りに行ってもらいたい』

「わかりました。すぐ用意して持っていきます。大学へ行けばいいですね？」

今夜が通夜なら明日は葬儀《そうぎ》だろう。黒宮は泊《と》まりがけで行くつもりだ。明日の講義を休講にするために、なにか準備が必要なのかもしれない。

「一泊《いっぱく》分の着替えも持っていった方がいいですか？」

『できるなら』

「では、すぐに」

通話を切って、辻ノ上を振《ふ》り返ると、断片《だんぺん》的に聞こえた話だけで察してくれていた。

「ここはいいから、すぐに戻《もど》りなさい」

「ありがとうございます。じゃあ、行ってきます」

輝季は上着と鞄《かばん》を摑《つか》み、編集部を飛び出した。

高校時代の恩師とは、いつか聞いた、一人暮らしをはじめたばかりの黒宮をいろいろと気遣《きづか》ってくれたという先生ではないだろうか。定年退職したあと郷里の愛知県に住んでいると聞いたと思う。ならば名古屋に行くという黒宮の話と一致《いっち》する。

世話になったと昔の話を懐《なつ》かしそうにしていた黒宮の穏《おだ》やかな表情を思い出し、輝季は胸がきりきりと痛んだ。

訃報《ふほう》を受け取り、どんなに悲しんでいるかと思うと、一刻も早くスーツを届けて、黒宮を優しく抱《だ》きしめてあげたいと思う。

逸《はや》る気持ちそのままに、輝季は出版社を出ると駅に急いだ。


黒宮のベッドルームに入ると、輝季はウォークインクロゼットを開けて勝手に荷造りした。

几帳面《きちょうめん》な黒宮は、一目でわかるように衣類を整理してあり、輝季は難なくスーツを見つけることができた。黒いネクタイもあった。数珠《じゅず》はどこだろうと見まわして、時計やカフスボタンなどを入れた引き出しの中で発見。

一泊だがスーツを持っていくことを考えて、小ぶりのスーツケースを出す。ただただ黒宮のためにと、輝季は急いで必要なものを詰《つ》めた。

そういえば、ここから大学までどうやって行けば早いのだろうかと気付き、輝季はリビングから管理人に電話をした。

『急用ですか。ではタクシーを呼びましょう』

すぐタクシー会社に電話してくれると言うので頼《たの》み、輝季はスーツケースを転がしながら部屋を出た。エントランスでびしりと背筋を伸《の》ばしたスーツ姿の管理人が待っていてくれた。

「五分ほどで到着《とうちゃく》するそうです」

「ありがとうございます」

管理人はスーツケースをちらりと見て、「黒宮様の荷物ですか？」と聞いてきた。外泊《がいはく》の予定は伝えておいたほうがいいかと判断して、輝季は簡単に説明した。

「急に、お葬式ができちゃって…。愛知まで行くので、先生は一泊してくると思います」

「そうですか。それは遠くまで大変ですね。恩田様は行かれないのですか」

輝季と呼んでくれと何度言っても、この人は名字に様付けで呼んでくるのだ。そういう決まりなのかもしれないが、堅苦《かたくる》しくて仕方がない。

「俺は行きません。先生の恩師のお葬式だそうなので、俺はぜんぜん関係なくて……。でも、あの、こういうときにどうしたらいいのか」

「どう、とは？」

「先生、すごく落ち込んでいるみたいでした。電話の声が暗くて……」

黒宮のあんな声ははじめてかもしれない。輝季はいまさらながら動揺《どうよう》してきた。

管理人はふっと微笑《ほほえ》み、輝季の肩《かた》を柔《やわ》らかく叩《たた》いてきた。

「お葬式とは、遺《のこ》された人々のための儀式《ぎしき》です。恩田様は黙《だま》って黒宮様を送りだし、戻ってきたときに優《やさ》しく迎え入れてあげればいいのです。悲しみが癒《い》えるまで、静かにそばにいてさしあげることです」

「……それだけでいいのかな……」

「恩田様が一緒《いっしょ》に暮らすようになって、黒宮様はずいぶん穏やかな顔をするようになりました。あなたの存在は、それだけで癒《いや》しになっていると思いますよ」

「え……嘘《うそ》……」

癒しだなんて、褒《ほ》めすぎだ。輝季は赤くなった顔を隠《かく》すように俯《うつむ》いた。本当にそうならいいけれど——。

「タクシーが到着しましたよ」

管理人に促《うなが》され、輝季はスーツケースを引っ張りながらエントランスを出た。


受付で名乗ると、お固い雰囲気《ふんいき》の女性事務員は内線電話で人文学部に連絡し、黒宮に確認《かくにん》を取った。

「先生は研究室でお待ちしているそうです。どうぞ」

「ありがとうございます」

輝季はキャンパス内の地図をもらい、方向の見当をつけて歩き出した。スーツケースを転がしつつきょろきょろと見渡《みわた》す。

この大学に足を踏《ふ》み入れたのははじめてで、どこになにがあるのかさっぱりわからない。たぶん方向は合っているだろうが——。

「あなたが恩田輝季さん？」

渡《わた》り廊《ろう》下《か》に立つタイトスカートのスーツ姿の女性に声をかけられ、輝季は目を丸くした。こんなところに知り合いはいないはずだ。

女性はカツカツとヒールの音をたてて輝季に近づいてきた。目鼻立ちが派手な美人だ。年は二十代後半だろうか。ボブカットの髪《かみ》は黒く艶《つや》やかで、胸が大きくてすらりと背が高い。ヒールのせいもあるだろうが、輝季と同じくらいの目線だった。

女であることを最大限の武器として心得ているような、輝季にはちょっと苦手なタイプの女性かもしれない。

「私は人文学部の研究室で助手をしています、伊《い》藤《とう》琴恵《ことえ》といいます」

「あ、はい」

「黒宮先生に言われて、あなたを迎えに来ました。研究室は、はじめての人にはわかりづらい場所なので案内します」

「そうですか。ありがとうございます」

迎えをよこしてくれるなんて、黒宮も気が利《き》く。輝季はホッとして琴恵のあとをついていった。一目で苦手なタイプだなんて思ってしまって申し訳ない、と反省した輝季だが、しだいに当たっていたかもしれないと気が滅入《めい》ってくる。

琴恵は足が速かった。スーツケースを引いている輝季の歩く速度をまったく気遣うことなく、さっさと進んでいってしまう。廊下の曲がり角でちらりと振り返り、蔑《さげす》むような冷たい目で睨《にら》んできた。

「早くしてください。私も暇《ひま》ではないんです」

「す、すみません……」

建物が古いのか、バリアフリーではなくて、いたるところに大小の段差がある。そこに引っかかるたびにスーツケースを持ち上げなくてはならず、輝季はもたもたとしてしまった。

「あなた、編集者なんですって？」

「そうです。ツジ出版という……」

「たかが編集が、先生の荷物を任されたからって、つけ上がらないことね」

棘《とげ》だらけの言葉を投げつけられ、輝季は啞然《あぜん》とした。

たかが編集——いままでそんな言われ方をされた記憶《きおく》はない。怒《いか》りが湧《わ》くより、びっくりしてしまい、反応ができなかった。

「いつからなの」

「えっ、なにが……？」

「いつから先生と関係があるの」

琴恵は苛々《いらいら》とパンプスのつま先を揺《ゆ》らしている。豊満な胸を強調するかのように、両手を乳《ち》房《ぶさ》の下で組んだ。

なぜ初対面の女性に辛《つら》く当たられなければならないのか――すぐにわかった。琴恵は黒宮に好意を抱《いだ》いている、あるいはすでに深い仲なのだろう。荷物を任されて運んできた輝季に敵意を抱いているのだ。

黒宮はきっともてるから、琴恵のような存在は男女とりまぜてたくさんいるだろうと想像してはいたが、こんなふうに対面して、あからさまな敵意をぶつけられたのははじめてだ。輝季はどう反応していいかわからない。

「あの、俺は、そんな……」

「隠さなくてもいいわ。先生がバイだってことくらい知っています。いつからだと聞いているのよ」

「えと、そんなに前ではないです……」

チッと舌打ちされ、輝季はまじまじと琴恵の賢《かしこ》そうな顔を見た。とても舌打ちするような人には見えないのに。

茫然《ぼうぜん》としている輝季に背を向け、琴恵はまたさっさと歩きだしてしまう。慌《あわ》てて追いかけた。

「先生が複数の相手と遊んでいるのは仕方がないとは思っていたけど、あなたのようなタイプに手を出したのははじめてよ……」

輝季のようなタイプとは、つまり遊びができそうにないチェリーということか？　それともたいした容姿ではない平凡《へいぼん》な人間ということか？

「しかも荷物を持ってこさせるなんて、あなた、もしかして先生の自宅の鍵《かぎ》を持っているの?」

「えと、その、まぁ……そうですね……」

この状況《じょうきょう》で、まさか同居しているなんて言えるわけもなく、輝季はごにょごにょと言葉を濁《にご》す。琴恵はぐるりと振《ふ》り向き、視線で射殺したいとでもいうような形相になった。唇《くちびる》をきりきりと噛《か》む様子が怖《こわ》くて、輝季は身を竦《すく》ませる。

「あの、そういうあなたは、先生の何、ですか…?」

疑問がついぽろりと口から出てしまった。琴恵はふんと鼻で笑う。

「助手よ。多方面のね」

多方面の助手とは、いったいなんだろう。もしかして、仕事上だけの関係ではないと、そう言いたいのだろうか……。

輝季をいいように抱いている黒宮だが、バイなのだから当然、女の人ともセックスできる。黒宮は経験豊富らしい。輝季にすぐ手を出してきたことからも、性に関するモラルは低そうだ。本人の口から聞いたわけではないが、有名人になってからだけでもいくつもの浮名《うきな》を流していることから、過去にはいろいろとあったことだろう。

だがそれは輝季にとって単なる噂話《うわさばなし》でしかなく、同居をはじめてからこっち、こんなふうにそれらしい女の人に会うことはなかった。

琴恵は出るところは出て、くびれているところはくびれているという、抜群《ばつぐん》のプロポーションをしている。飾《かざ》り気のないスーツが逆に色気をかもし出すことになっていた。

きっと、世の中の男たちは、琴恵のような女の人が好きだ。ストイックそうでありながら、セクシー。黒宮もきっと、嫌《きら》いではないだろう。

輝季は性別が男だという時点で、すでに琴恵に負けている。勝てっこない——。

ハッとして、輝季はうろたえた。なぜ自分が琴恵と勝負を決しなければならないのか？

黒宮とは恋人《こいびと》関係などではない。外で誰《だれ》と寝《ね》ようが、輝季には関係ないのだ。

琴恵はふんと顔をそらし、前だけを見つめてふたたび歩き出した。今度はあえてちょっと距《きょ》離《り》を置き、輝季はついていった。すると琴恵が廊下の角を曲がったところで見失ってしまう。そこには同じようなドアが四つも四方についていて、どの部屋に入っていったのかわからない。

おろおろしていたら、「なにをしているの」と背後から叱《しか》られ、輝季は飛び上がった。振り返ると琴恵が怖い顔で立っている。

「あなた、見かけ通りの鈍《のろ》さね。ほら、そのスーツケースをよこしなさい。ここまででいいわ。私が先生に渡します」

「えっ？　そんな、俺が自分で手渡《てわた》しします」

スーツケースを奪《うば》われそうになって焦《あせ》った。電話で落ち込んだ声をしていた黒宮が気になっている。顔を見たかった。

「先生がどこにいるか教えてください」

「いいから、こっちによこしなさいよっ」

「ちょっ、待って、痛てて」

揉《も》み合いになって、手の甲《こう》を爪《つめ》でひっかかれた。年上の女性と、どうして大学構内でこんなケンカじみたことをしなければならないのか疑問が浮《う》かんだとき、ひとつのドアが開いた。

「君たち、なにをしているんだ？」

黒宮が顔を出し、怪訝《けげん》そうな目でこちらを見た。廊下の騒《さわ》ぎが中まで聞こえたのだろう。琴恵は慌てて輝季から離《はな》れ、とりつくろった笑顔《えがお》になる。腰《こし》から足にかけて、しなりと曲線をつくり、黒宮に歩み寄った。

「先生、お騒がせしてすみません。お使いの方が荷物だけ置いて帰ると言うので、引きとめていたところなんです」

事実と百八十度ちがうことを報告され、輝季は唖然とする。琴恵は艶やかな笑みで輝季を振り返り、「こちらにどうぞ」とドアの中へと促《うなが》してきた。だが黒宮には見えない角度に顔を持ってきたとき、怖いくらいに目がギラリと光った。

余計なことは言うな、と口止めしているような感じだ。ここでまた琴恵と揉めても時間の無《む》駄《だ》だと判断し、輝季は部屋に入った。

研究室というのはごちゃごちゃと書類が山積みになっていたり、薄暗《うすぐら》くて換気《かんき》が悪かったりするイメージだったが、ここはそうではない。ある意味、几帳面《きちょうめん》で清潔好きな黒宮らしい、きちんと物が整頓《せいとん》されたきれいな研究室だった。

大きめのスチールデスクが壁《かべ》を背にした位置に据《す》えられ、小さめのデスクが四つ、向かい合わせで置かれている。たぶん琴恵を含《ふく》む助手のためのデスクだろう。

棚《たな》には背にラベルを貼《は》られたファイルが色別に美しく並び、ベンジャミンやパキラ、ゴムの木などの観葉植物がいくつも置かれていて目に優《やさ》しい。まるでモデルルームのようにきれいな空間だ。

黒宮は窓際《まどぎわ》のソファに無言で座った。輝季も座るべきかどうかわからず、スーツケースを引いたまま立ちつくす。やはりいつもの黒宮より元気がないように見えた。

荷物を置いて、さっさと帰った方がいいのだろうか。それとも慰《なぐさ》めた方が……？

とりあえず荷物の説明をしようと口を開きかけたとき、一瞬《いっしゅん》先に黒宮が言葉を発した。琴恵に向けて。

「伊藤君、さっき教授から内線があった。教授に頼《たの》まれ事をされていたそうだな。どうなったのかと聞かれたが、私にはわからなかった」

琴恵は「あっ」と片手で口を覆《おお》い、「失礼します」とばたばたと部屋を出ていった。二人きりになって、輝季は妙《みょう》な緊張感《きんちょうかん》から解放された。

やはり琴恵のような女の人は苦手だ。ライバル心を剝《む》き出しにして、女の武器を最大限に使おうという意気込みが漲《みなぎ》っている。いなくなってくれてよかった……。

「座りなさい。お茶を淹《い》れよう」

「あ、おかまいなく。すぐに編集部に戻《もど》りますから」

「いいから、すこし休んでいきなさい」

苦笑《くしよう》する黒宮は、やはりいつもより覇気《はき》がないように見える。

「わざわざすまなかったな。ありがとう」

黒宮にストレートな礼を言われ、輝季は照れながらスーツケースを差し出した。

「黒のスーツと一泊分の着替《きが》えを入れておきました」

「帰りは明日の夕方になる予定だ」

黒宮はテーブルに置かれていた電気ポットの湯で煎茶《せんちや》を淹れてくれ、輝季に出してくれた。

自分の湯のみを片手に、黒宮はしばし静止する。考え事をしているというより、放心状態に近いかもしれない。

「先生?」

「…………ああ、なんだ?」

呼べば返事はするが、黒宮の心はここにない。

「あの、亡《な》くなった高校時代の先生というのは、このあいだ話していた、一人暮らしになったときに色々と気遣《きづか》ってくれたという担任の先生ですか?」

「――……そうだ……」

小さく肯定《こうてい》し、湯のみを傾《かたむ》ける。伏《ふ》せた目に、どうしようもない悲しみが滲《にじ》んで見えた。

「病気だったんですか？」

「そうらしいな。私は知らなかったが、肺癌《はいがん》だったそうだ。煙草《たばこ》が好きな人だったから」

「まだ六十代だったんですよね……」

黒宮が高校一年生だった二十年前、担任教師は四十代だったそうだから、定年退職してまだ数年といったところか。これから悠々自適《ゆうゆうじてき》な生活が待っていたところなのに。

黒宮は俯《うつむ》き加減《かげん》でお茶をすすっている。それらしいことはなにも言わないが、きっと胸の中では後悔《こうかい》が渦《うず》を巻いていることだろう。

年賀状のやりとりだけでなく、生前に会っておけばよかったと。もっと話をしておけばよかったと。こんなに早く別れが訪《おとず》れるとは思ってもいなかったと――。

無言でいる黒宮が、悲しみに押しつぶされそうなほど弱っている気がして、輝季は席を立つとテーブルを回りこみ、隣《となり》に座った。そして手から湯のみを取り上げ、怪訝そうな顔をした黒宮の頭を、問答無用で抱《だ》きしめる。

「輝季？」

「泣いてもいいですよ」

「え？」

「こういうときは泣いてもいいんです。ぜんぜん恥《は》ずかしくはありません。むしろ素直《すなお》に悲しんだほうがカッコいいです」

体を離そうとする黒宮の動きを封《ふう》じるようにしてぐっと腕《うで》に力をこめた。全力で抗《あらが》われたらとてもかなわないのに、黒宮はそのままおとなしく抱《だ》かれるままになる。それどころか徐々《じょじょ》に凭《もた》れかかってきて、輝季に体を預けてきた。

本当に泣くかどうかは別として、悲しんでもいいという輝季の言葉に身を委《ゆだ》ねる気になってくれたのだ。輝季は腕の力を緩《ゆる》めて、抱きしめた黒宮と一緒《いっしょ》にソファに沈《しず》む。

性的な意味がまったく入っていない接触《せっしょく》は、なんだか不思議な静けさを心にもたらした。

しんと静かな研究室の中で、輝季は自分と黒宮の鼓動《こどう》だけを感じている。

最初から、黒宮が触《ふ》れてくるときは性的な意味がこめられていて、驚《おどろ》いたり戸惑《とまど》ったり怒《おこ》ったり、感じすぎてわけがわからなくなったり――といった、感情の渦に呑《の》み込まれるのが常だった。

ただ抱き合うだけの時間が、こんなにも穏《おだ》やかなものだったのかと、輝季はいまはじめて知ったのだ。言いなりになって体を預けてくれている黒宮が、とても大切なものに思える。

胸の奥が切なくなるのはなぜだろう？　いつまでも、こんなふうにしていたいと思うのは、どうしてだろう？

どのくらい時間がたっただろう。腕の中から黒宮がゆっくりと身を起こし、いつになくまっ

すぐな目で輝季を見つめてきた。

からかいも、意地悪な含みもない、小さな笑み——けれど、どこか照れているような、そんな笑顔で輝季の頰《ほお》にキスをしてきた。

「ありがとう」

一言だけ、黒宮は礼を言ってソファから下りた。

ありがとう、なんて、日常生活の中で黒宮から何度か言われている。でも、こんな「ありがとう」ははじめてだ。胸をトンと軽く突《つ》かれたような衝撃《しょうげき》があった。

いきなり照れくさくなってきた。一回りも年上の黒宮に対して、自分はなんて大胆《だいたん》で不器用な慰め方をしてしまったのだろうか。

ほんの数十分前の自分を消し去ることができるなら、消し去ってしまいたい。それか、黒宮の記憶《きおく》を抹消《まっしょう》したい。

「さて、そろそろ東京駅に向かうか」

黒宮が部屋の隅《すみ》にかけてあったコートを手にした。

「さっきも言ったが、帰りは明日になる」

「うん」

「実家に帰らず、マンションで私を待っていなさい」

「わかってます」

黒宮が外泊《がいはく》するからといって実家に帰るつもりはなかった。だが考えてみれば、同居するようになってから、黒宮が部屋を空けるのははじめてだ。輝季は一人で、あの広いマンションの中で夜を過ごさなければならない。

「名古屋の土産《みやげ》を買ってこよう。なにがいい？」

「なにがいいって聞かれても、俺はういろうくらいしか知りません」

「実は私もよく知らない。では、適当になにか買ってこよう」

輝季の不器用な慰めは効果があったのか、黒宮はこころなしか元気になったように見える。

乗り換《か》えが面倒《めんどう》なので山手線の駅までタクシーで行くという黒宮を、編集部に戻るついでに送っていこうと輝季も研究室を出た。

スーツケースのキャスターがごろごろと転がる音だけが静かな校舎に響《ひび》く。肩《かた》を並べて歩いていたが、とくに会話はない。気詰《きづ》まりで話さないのではなく、言葉はなくとも気持ちが通じ合っているような心地《ここち》好《よ》さがあった。

「あっ、黒宮先生っ」

廊下《ろうか》の途中《とちゅう》で琴恵に遭遇《そうぐう》した。教授の用事は済んだらしく、急いで黒宮の研究室に戻ってきたのだろう。息をきらしている。

「ああっ、お荷物くらい、私が持ちます。あなた、気が利《き》かないわね」

キッと琴恵に睨《にら》まれてしまい、輝季は思わず一歩引いてしまった。そこを逃《のが》す女ではない。

琴恵は素早《すばや》く輝季が立っていた位置に体を滑《すべ》りこませ、黒宮の横を奪取《だっしゅ》した。

なんて図々《ずうずう》しい女だとムッとしたが、ここで言い返したら子供じみたケンカになりそうで、ぐっと我慢《がまん》した。黒宮に不快な思いをさせるかもと思ったのだ。それなのに、その黒宮はべたべたしてくる琴恵に微笑《ほほえ》みを向けている。

ついさっき、心の深いところですこし理解し合えたのではと思ったばかりなのに、黒宮は輝季を振《ふ》り返りもしない。琴恵に邪険《じゃけん》にあしらわれているのを目の前で見ているのに、かばってもくれない。

「あのタクシーかしら?」

琴恵が指差した大学職員用の駐車場《ちゅうしゃ》の隅には、タクシーが一台停《と》まっていた。黒宮はさっさと乗り込み、輝季を一瞥《いちべつ》しただけで走り去ってしまった。声もかけてくれなかった。がっかりして立ちつくしていると、携帯電話《けいたいでんわ》がポケットの中で震《ふる》える。

携帯を見て驚いた。黒宮からメールが届いていたのだ。タクシーの中から送ってきたらしい。

『行ってくる。君は良い子で待っているように。ただ、おしおきをして欲しいなら、はめを外すという選択《せんたく》もありえるだろう』

は? と輝季はぽかんと口を開けてしまった。黒宮らしいと言えばらしいが、おしおきをして欲しいなら、なんてありえない。

もしかしたら、さっき琴恵の前で輝季を無視するような態度を取っていたのは、わざとだろうか。輝季が困ったり悲しんだり怒ったりすると、黒宮はひどく楽しいらしいから。

やれやれとため息をつきながら携帯を閉じ、ポケットに戻《もど》した。黒宮のメールは納得《なっとく》できないけれど、こんなふざけたことを言えるのならば大丈夫《だいじょうぶ》だなと思う。

恩師の訃報《ふほう》に、黒宮はとてもショックを受けていた。輝季の下手《へた》な慰《なぐさ》めが効いたのなら、こんなに嬉《うれ》しいことはない。

傍目《はため》には急にニヤニヤしだした変な男としか見えなかったのか、距離《きょり》を置いたところから琴恵が胡散臭《うさんくさ》げな目で眺《なが》めていた。輝季を黒宮とできている恋敵《こいがたき》と思っていたのに、じつは私のことを狙《ねら》っている変質者？　とでも言いたげな表情だ。いろいろな意味で、琴恵にはこれ以上、かかわらないほうがいいだろう。

「それじゃあ、俺は編集部に戻ります」

輝季はぺこりと頭を下げ、背中を向ける。

できれば琴恵にはもう会いたくない。大学に来なければ会うことはないだろう。黒宮の交友関係を精査するつもりがない以上、忘れるのが一番だ。

輝季はそれきり、琴恵のことを忘れた。思いがけない場所で会ってしまうまでは――。

「あ、まただ」

黒宮のコートとスーツの上着がリビングのソファに脱《ぬ》ぎ捨てられているのを発見。輝季はそれらを拾って、ベッドルームまで持っていく。

ウォークインクロゼットに入り、コート類が収納されている一角の空いているハンガーにかけた。同じようにスーツの上着も。

脱いだ本人はバスルームにいる。黒宮が帰宅してすぐ風呂《ふろ》を使うことは珍《めずら》しいことではないが、服を脱ぎっぱなしにするようになったのは、ここ最近のことだ。

リビングのテレビをつけっぱなしで書斎《しょさい》にこもったり、マグカップにコーヒーを飲みかけで放置したり、新聞をきちんとたたまずにテーブルの上にぽいと置いてあったりすることもある。

リビングもダイニングも、なんとなく雑然として見えるのは、小さな生活感があちこちにちりばめられているからかもしれない。

同居をはじめてからこっち、黒宮がなにかを出しっぱなしにすることはなかった。輝季が感心するほど几帳面《きちょうめん》で整理整頓《せいとん》が徹底《てってい》していた。

それなのに、ここのところ自他ともに認めるぼんやりさんの輝季が気付くくらい、あれこれと黒宮らしからぬ行動が見える。

いや、もしかしたらいままでが普段《ふだん》の黒宮ではなかったのだろうか。あまりにもきれいに掃《そう》除《じ》されて整頓されていた黒宮の部屋は、最初来たとき、モデルルームかと思ったほどだった。

あれは輝季を客として意識していたから、徹底してきれいにしていたのかもしれない。いまの部屋のほうが、ごく普通《ふつう》の生活感があって違和感《いわかん》がない。

もしそうなら、きっかけは黒宮の恩師が亡《な》くなったことだろう。大学の研究室まで荷物を届けて下手くそな慰めをしたとき、二人の関係のどこかが変わったような気がした。

翌日、葬儀《そうぎ》を終えて帰宅した黒宮は、どこか憑《つ》き物が落ちたような顔をしていたのだ。悲しみを正面から悲しみとして受け止め、自分なりに消化しつつあるように見えた。

あのあとから、こうした生活感を輝季に見せるようになったと思う。輝季がいる生活にやっと馴染《なじ》んだというべきか。ずっと一人で暮らしてきた黒宮は、やはり他人との生活に慣れるためには時間が必要だったのだろう。

輝季にとって、これは嬉しい変化だ。

名古屋から戻った黒宮に、「おとなしく待っていたので、おしおきはナシですね」と言ったら「良い子で待っていたご褒美《ほうび》」と言われてベッドに押し倒《たお》されたけれど――。

なんだかんだと理由をつけて人に言えない関係は続いている。このごろは、逆らうと原稿《げんこう》を渡《わた》さないぞという決まり文句はすでに形骸《けいがい》化しているように思う。

そんなセリフを持ち出さなくても、輝季はもうほとんど抵抗《ていこう》しないからだ。慣れてしまったというのもあるし、黒宮に抱《だ》かれて嫌《いや》だと感じたことがないのだ。

思えば、最初からそんなに嫌ではなかった――。

「輝季、ここで私を待っていたのか？」

ウォークインクロゼットの扉《とびら》を閉めようとしてぼうっとしていた輝季は、黒宮の声にびっくりして振り返った。

黒宮がバスローブ姿でベッドルームのドアのところに立っている。にっこりと微笑みながら、ドアをきっちりと閉めてしまった。

マズい。ベッドの横で立ちつくしているなんて、待っていたととられても仕方がない。

「いえ、あの、待っていたわけじゃありません。コートとスーツを片づけていたんです」

「そうか、ありがとう。最近の君は、いろいろと私の身の周りに気をつけてくれているね」

「先生がなにかと気を遣《つか》わなくなったからですよ」

「君がやってくれると思うと、つい」

黒宮はご機嫌《きげん》な様子で輝季にじわじわと近づいてくる。輝季に逃《に》げ場はない。出口のドアは黒宮の背後だ。ウォークインクロゼットの中に逃《のが》れても、絶対にすぐ捕《つか》まる。

「よくやってくれている輝季に、ご褒美をあげなくてはならないな」

「あの、ご褒美は、できれば体以外で……」

おしおきではなく、ご褒美。それって、輝季がとても感じやすくなって、一度のセックスで何回もいってしまうようになったからか。

確かに気持ちいいばかりなので、おしおきではない。

「体以外？　それはかなり難しい要求だな」

「どうしてですか。お小遣《こづか》いとか、えと、花とかスイーツとか」

思いつくままに挙げながら、輝季は我ながら馬鹿《ばか》っぽいことを言っているなと脱力《だつりょく》した。

「君は金が欲しいのか？　ツジ出版の給料がそれほど悪いとは思わなかったな。それともなにか買いたいものでもあるのか？」

「ありません、ごめんなさい。お金は欲しくありませんっ」

欲しいだけ出してあげようと言いそうな黒宮を、輝季は慌《あわ》てて制した。

「では花とスイーツか？」

「どっちもいりません。すみません、適当に言いましたっ」

輝季は冷や汗《あせ》をかきながら頭を下げた。黒宮はくくくっと楽しそうに喉奥《のど》で笑う。

「君が欲しいのは私の原稿だろう？」

「その通りです。進行はどんな感じですか」

「ぼちぼち」

いきなり大阪《おおさか》人か。

「そんなことより、君にご褒美だ」

「うわっ」

攫《さら》われるような勢いで腰《こし》をホールドされ、ふわりと体が浮《う》いた次の瞬間《しゅんかん》にはベッドに倒されていた。その上に黒宮が躊躇《ちゅうちょ》なく乗ってくる。下から黒宮を見上げる位置にも、この重みにも慣れてしまった。

抵抗しても無駄《むだ》だし、すぐに気持ち良くなってしまうことがわかっているので、輝季はふっと全身の力を抜《ぬ》く。黒宮は艶《つや》やかな笑《え》みを見せ、ゆっくりと唇《くちびる》を近づけてきた。

風呂上《ふろあ》がりだからか、触《ふ》れた唇はしっとりと湿《しめ》っていて、いつもよりすこし体温が高く感じられた。

そろそろ帰ろうかなとPC画面の隅《すみ》に表示されている現在時刻を確認《かくにん》した。

編集部の中では一番の下っ端《ぱ》だが、黒宮と同居してからは早く上がっていいことになっている。最初のころは先輩《せんぱい》たちより先に帰ることに抵抗があったが、なにごとも慣れていくもので、いまでは申し訳ないと思いつつも六時になると同時に席を立つことができるようになっている。

PC電源を落として、自分のデスクの上をざっと片づけていると、肩《かた》を叩《たた》かれた。

「テルちゃん、最近どう？」

編集長の辻ノ上が背後に立っていた。

「どうって……なにがですか？　先生の原稿はまだです。進行具合を聞いても、ぼちぼちだとか、そこそこだとかといった返答なので……」

「ああ、それはわかってる。僕が聞いているのは、同居生活の方」

輝季はドキッとしたが、なんとかあからさまに顔に出すようなことにはならなかった。

セクハラがはじまったとき、輝季は何度か辻ノ上に泣きついている。だが実際に深い関係になってからは、一度電話で同居解消を訴えて以降は、父親がわりの編集長にとても相談できることではないと、なにも言っていなかった。

「生活は落ち着いています。特に大きな問題はありません」

さらりと答えたつもりだが、若干《じゃっかん》ふだんより早口だったかもしれない。輝季は帰るしたくを続行した。根掘《ねほ》り葉掘《はほ》り聞かれる前に、とっとと帰ったほうがいいような気がして。

「先生の態度は、すこしでも変わった？」

「えーと、ここのところ、親しみが増したような感じです」

辻ノ上は「ほぅ」と感心したように細い目を見開く。

「それはどんなふうに――」

「俺、夕食のしたくをしなくちゃいけないんで、もう行きます。あの、詳《くわ》しいことは、また機会があったら話しますから」

輝季はそそくさと鞄《かばん》とコートを抱《かか》え、辻ノ上から遠ざかるべく後ろ歩きで進みながら頭を下げる。

辻ノ上が不審《ふしん》げな顔になったが、追及《ついきゅう》に負けて編集部のど真ん中で失言のオンパレードになることだけは避《さ》けたい。そんなの恥《は》ずかしすぎるし、たとえセクハラの延長だったとしても、編集者が原稿の依頼《いらい》をした大学の先生とできてしまうなんて、失態としか思えない。

いつか打ち明けなければならないとしても、辻ノ上と二人きりのときに話したかった。

「それじゃ、また明日」

「あ、テルちゃん」

輝季は引きとめようと手を伸《の》ばした辻ノ上を見なかったことにして、編集部から走り去った。あとできっと叱《しか》られるだろうなと思いながら電車に乗り、黒宮のマンションの最寄《もよ》り駅で下りてから、途中《とちゅう》のスーパーで食材を買った。

ナイロンのエコバッグをがさがさささせながらマンションにたどり着くと、管理人が輝季を見てかすかに表情を変えた。

「ただいま」

いつものように笑いかけると「おかえりなさい」と返してくれたが、どこか思案気な顔だ。

「先生はもう帰ってる？」

「はい、お帰りです。ついさきほど」

「そう。ありがと」

今夜は鍋《なべ》にしようと思っているので、もう帰っているならちょうどいい。軽い足取りでエレベーターに向かおうとした輝季を、管理人が呼びとめた。

「恩田様」

「はい？」

「今日、お客様がいらっしゃることを、恩田様はご存じでしたか？」

「お客？　先生のところに？　聞いてないけど……」

黒宮が誰《だれ》かを連れて帰ってきたのだろうか。大学の同僚《どうりょう》か学生？　いままでそういう事態に遭遇《そうぐう》したことがなかったが、普通《ふつう》はあってもおかしくないだろう。

「今夜は鍋だから大丈夫《だいじょうぶ》です。一人や二人、人数が増えたって」

輝季は心配ないとニッコリ笑ったが、管理人の顔は晴れない。どうしたのかなと思いながらも、輝季はエレベーターに乗って上階へ向かった。

管理人がなにを憂《うれ》えていたのか、輝季は玄関《げんかん》の重いドアを開けたときに知った。

大理石のピカピカのたたきに、女性物の黒いパンプスがあった。一足だけ、ちんまりと。黒宮の焦《こ》げ茶《ちゃ》の革靴《かわぐつ》の横に並んで。

黒宮が女の人を連れて帰ってきたのだと、輝季はしばらく理解できなかった。いや、理解したくなくて脳が拒否《きょひ》していたのだ。しばし茫然《ぼうぜん》と玄関に立ち尽《つ》くしていたが、奥から物音が聞こえた気がして、ハッと我に返る。

焦《あせ》りながらスニーカーを脱《ぬ》いだ。だが廊下《ろうか》の途中で、輝季の手から食材が入ったエコバッグがどさりと落ちた。

「あら、もう帰ってきたの？　早いわよ」

琴恵がサニタリーから出てきたところに遭遇したのだ。琴恵はバスローブ姿で、濡《ぬ》れ髪《がみ》をタオルで拭《ふ》きながら微笑《ほほえ》んでいる。あきらかに風呂《ふろ》を使った後だ。女の人が男の部屋で風呂を使うなんて、事後か事前か——そのどちらかしかないだろう。

愕然《がくぜん》と立ち尽くしていると、リビングのドアが開いて部屋着姿の黒宮が顔を出した。

「おかえり」

黒宮は物憂《ものう》げな顔で一言、そう言った。そこはかとなく漂《ただよ》う倦怠《けんたい》感に、輝季は最悪の想像をするしかない。いつも輝季と抱《だ》き合っているベッドで、この二人はきっと情事を楽しんだのだ。

最初の驚《おどろ》きが過ぎ、輝季の腹の底がふつふつと煮《に》えてくる。

輝季と黒宮は愛を確かめ合った恋人《こいびと》同士ではない。セクハラがエスカレートしてセックスに発展したにすぎないのだ。

だからといって、こんな仕打ちはありか？　ひどい。ひどすぎる。

「輝季、こっちにおいで。説明しよう」

輝季の混乱を察してか、黒宮が手招きし、リビングに来いと命じてくる。

「説明？　なんの説明ですか」

自分でも思いがけないくらい硬《かた》くて冷たい声が出た。身じろいだひょうしに、足に落としたエコバッグが当たる。中には朝食用にと買った卵が入っていた。きっと全滅《ぜんめつ》だろうと、頭の隅

っこで思った。

「おとりこみのところ、お邪魔《じゃま》してすみませんでした。ごゆっくりどうぞ」

機械的にそれだけ言って、輝季は琴恵にぺこりと頭を下げた。くるりと踵《きびす》を返すと、玄関へと急ぐ。

「輝季、待ちなさい。輝季！」

黒宮が追いかけてくる気配がする。輝季は脱いだばかりのスニーカーに足を突《つ》っ込み、玄関を飛び出した。

エレベーターに乗り込み、一階のボタンをがんがん押す。エントランスを駆《か》け抜けるとき、管理人が声をかけてきたが立ち止まることなく通り過ぎた。

輝季の中に、さまざまな想《おも》いが混在して渦《うず》を巻いている。

悔《くや》しい、悲しい、切ない、憎《にく》い――こんなふうに誰《だれ》かに対して激しい感情を抱《いだ》いたことなどない。眩暈《めまい》がする。吐《は》き気までこみあげてきた。

こんな感情、知りたくなかった。知らないままですごしたかった。セックスの快楽だけでなく、黒宮は輝季に嫉妬《しっと》まで教えたのだ。

胸が潰《つぶ》されそうに苦しくて、胃の奥が沸騰《ふっとう》したように熱かった。これが本気の嫉妬というものなのかと、輝季は泣きたくなる。

いつのまにか、黒宮をこんなに好きになっていたなんて。

輝季は息が切れるまで走って走って、マンションからできるだけ遠く離《はな》れようと必死になった。やがて心臓が壊《こわ》れそうなほど痛くなり、足が上がらなくなって、立ち止まった。

めちゃくちゃに走り回ったので、自分がいまどこにいるのかわからない。

静かな住宅街の真ん中で、ぜぇぜぇと肩《かた》で息《いき》をしながら、道端《みちばた》のガードレールに腰掛《こしか》けた。

足先につっかけただけだったスニーカーは、いつのまにかなくなっている。輝季は靴下《くつした》だけでアスファルトを蹴《け》っていたのだ。きっと裏には大きな穴があいているだろう。ずきずきと痛みを発しているから、足の裏が擦《す》り剝《む》けているのかもしれない。

俯《うつむ》くと涙《なみだ》がこぼれそうになるので、ぐっと奥歯を嚙《か》みしめて上を向いた。都会の夜空に星はない。街路樹と街灯の上に黒く広がる夜空を、輝季は長い間睨《にら》み続けた。


輝季が黒宮のマンションを飛び出した果てに行くところといったら、実家しかない。

途中のコンビニでできるだけ丈夫《じょうぶ》そうなスリッパを買い、電車をのりつぎ、とぼとぼとした足取りで狭《せま》い敷地《しきち》いっぱいに建つ三階建ての恩田家に着いたのは深夜だった。

住宅街はしんと静まりかえり、恩田家も玄関灯がぽつりとともるだけで、祖母と母は眠《ねむ》っていた。輝季はこっそりと自分の部屋に入り、ほっとひとつ息をついたものの、違和感《いわかん》に戸惑《とまど》った。

しばらく留守にしていただけだ。ここで暮らしていた年月に比べたら、空けていたのはわずかな時間でしかない。それなのに、なぜかよそよそしい感じがする――。

黒宮がいないからかもしれない。

おたがいに仕事をしているから、そんなにべったり時間を共有していたわけではないけれど、なんとなく同じ空間にいるのが当たり前のようになっていた。最初はセクハラを警戒《けいかい》したり腹立たしく思ったりして落ち着かなかったのに。

黒宮のせいで、自分の色々なところが作り替《か》えられていたのだ。

輝季をこんなふうにしたのは黒宮なのに、女を部屋に連れ込むなんて。

風呂上《ふろあ》がりだった琴恵の姿を思い出すと、またムカムカと腹が立ってくる。

輝季は服のまま、ベッドにもぐりこんだ。ずっと留守をしていたのに、ベッドはきれいにメイクされている。たぶん祖母のミツだろう。いきなり帰ってきたので連絡《れんらく》など入れていないのに、いつも掃除《そうじ》してくれているなんてありがたい。

祖母に感謝しながら、心の中で黒宮を罵《ののし》る。

眠れないかもしれないと心配したが、怒《いか》りにまかせて徘徊《はいかい》し、疲《つか》れていたせいか、いつしか夢も見ずに深い眠りに落ちていた。

翌朝、輝季はミツに大声で起こされた。

「あんたはいったい、こんなところでなにをしているんだい！」

いきなりの雷《かみなり》に、輝季は朦朧《もうろう》としながらも何事かとベッドに起き上がる。

「黒宮様はどうしたの。仕事で黒宮様のところにいるんじゃなかったの？　もう終わったの？　それとも、役立たずの用なしだと言われてのこのこ帰ってきたの？」

矢継《やつ》ぎ早《ばや》にいろいろなことを聞かれて、まだ寝《ね》ぼけている頭でどう答えるか考えているうちに、ミツは次の質問にとりかかっている。

「今日は仕事に行くの？　それとも黒宮様のところに行くの？」

「ああ、うん……どうしようかな……」

とりあえず編集部に顔を出しておこうか。でも黒宮が昨夜のことを辻ノ上に言いつけていたら、マンションに帰れと命じられそうだ。

黒宮とは恋人という関係ではない。寝てしまったのはセクハラの延長でしかない。女を連れこんだからといって、輝季が怒《おこ》って飛び出すことは許されないのだ。

辻ノ上に黒宮とのことを知られて、さらに昨夜のことまで報告されたら、叱責《しっせき》されるに決まっている。編集長は原稿《げんこう》が欲しいのだ。黒宮が辻ノ上になにもかもをぶちまけてしまわないようにと、祈《いの》るだけか……。

「なによ、その情けない顔は。どうせなにか失敗やらかして飛び出してきたんでしょう。とっとと黒宮様に頭下げて許してもらいなさい」

ミツは輝季が悪いと決めつけている。かわいい孫であるはずなのに。

「どうして俺が悪いって決めつけるんだよ」

「だって黒宮様が悪いわけないじゃない。ほら、起きてご飯食べて、さっさと黒宮様のところへ行ってらっしゃい。きちんと土下座するのよ」

「どうして土下座なんだよっ」

ミツに追い立てられて、輝季はベッドから渋々《しぶしぶ》出た。そのまま二階のリビングへと階段を下りていく。途中《とちゅう》でミツが声をかけてきた。

「ちゃんと謝って許してもらって、また黒宮様のところに行きなさいよ。まだ仕事は終わっていないんでしょう」

「そうだけど……なんでそんなことわかるんだよ」

「あんたの顔を見ればわかるの」

階段の上からミツはにやにやと笑って見下ろしてくる。ミツは輝季の部屋にふたたび入っていき、どうやらシーツを剝《は》がしているようだ。

一晩寝ただけなのに洗うつもりなのかな。実家に泊《と》まるのは一晩だけと、厳しさを示しているのかもしれない。

輝季はあくびをしながら二階のリビングを覗《のぞ》きこんだ。母の道子はいない。仕事か。

ダイニングのテーブルに、輝季の分だと思われる食事が並んでいた。味噌汁《みそしる》とご飯、鮭《さけ》の塩焼き、小松菜のソテーという、ごくシンプルなメニューだが、ミツの心遣《こころづか》いを感じて輝季はじんとした。

口うるさい祖母だが、多忙《たぼう》な母に代わって輝季を育ててくれたのはミツだ。

孫に甘い祖母が多い中、輝季は適度に厳しく、健康管理もしっかりされて、すくすくとここまで大きくなった。

まだ元気ではあるが、もう七十代だ。心配かけないように輝季がしっかりしなければ……と思ってはいる。琴恵の姿に衝撃《しょうげき》を受けて、逃《に》げ帰ってくるようではだめだ。

そういえば――と、輝季はテーブルにつきながら、昨夜のことを思い出す。

黒宮はなにか説明しようとしていなかったか。輝季はただびっくりするあまり飛び出してきてしまったが、琴恵があんな格好をしていたのにはなにか事情があったのかもしれない。

輝季はいまになって、やっと冷静に考えられるようになってきた。

そうだ。いくら黒宮が常識のないセクハラ大王だとしても、輝季が帰宅する時間帯に、大学の助手を自宅に連れ込むとは思えない。どうしてもあの状態にならざるを得ない事情があったとしたら、話をしようとしていた黒宮を振《ふ》り切って出てきてしまった輝季は、とんでもない大バカ者ということになる。

食事をしたら、とりあえず黒宮に電話をしてみようか。

今日のスケジュールはどうだっただろう？　大学のいつもの講義だけなら、まだマンションにいるかもしれない。昨夜の態度を謝罪して、話を聞こう。

「いただきます」

輝季は箸《はし》を取って、まず味噌汁を飲もうとお椀《わん》に手を伸《の》ばした。ひとくち飲み、幼いころから馴染《なじ》んだミツの味にじーんとする。

「あれ、そういえば、祖母《ばあ》ちゃん……どうした？」

シーツを剝がしたあと、道子の部屋に入っていったように思う。そこでもきっとシーツを剝がして、まとめて洗うつもりだろうと気にも留めなかったが、なかなか階段を下りてこない。

三階があまりにも静かで、輝季はふと胸騒《むなさわ》ぎを覚えた。

箸を置いて席を立つ。階段を駆《か》け上がりきったところで息を呑《の》んだ。

道子の部屋のドアが明け放たれ、そこからミツの足が見えていたのだ。床《ゆか》に倒《たお》れている。

「祖母ちゃんっ！」

慌《あわ》てて走り寄り、しわくちゃに丸めたシーツに顔を埋《うず》めるようにして倒れているミツを抱《だ》き起こした。ミツは両手で胸の中央を押さえ、苦しそうに呻《うめ》いている。

心臓だろうか。ミツが心臓を悪くしているなんて聞いたことがない。

「祖母ちゃん、苦しいのか？　祖母ちゃん」

「てる……うぅぅぅ」

問いかけにまともに答えることができないらしく、ミツは呻き続けている。輝季はおろおろと周囲を見渡《みわた》した。どうしよう。こういうときはどうすればいい？

「そうだ、母さん……」

母の道子は看護師だ。輝季はミツをそっと横たえ、隣《となり》の自分の部屋に飛び込んだ。上着のポケットに入れっぱなしだった携帯電話《けいたいでんわ》を探《さぐ》り出し、道子の携帯へと電話をする。

仕事中はロッカーの中に入れてしまうので、おそらく繋《つな》がらない。やはり『おかけになった電話は、電源が切られているか、電波のとどかない……』というお決まりのメッセージが流れてきて、輝季は勤め先の病院に電話をかけた。

『あら、輝季君？　道子さんなら今日は非番よ』

輝季も顔を知っている同僚《どうりょう》の看護師にそう言われ、愕然《がくぜん》とした。

携帯を握《にぎ》りしめたまま二階に下り、キッチンの冷蔵庫に貼《は》られている道子のシフト表を見ると、休みになっている。手書きで「花ちゃんと映画」と書かれていた。遊びに行っているのだ。

まだ午前九時なので一回目の上映ははじまっていないだろうが、今頃《いまごろ》は電車の中かもしれない。道子は電車の中では律儀《りちぎ》に電源を切る。

「どうしよう、どうしよう……」

輝季は完全にパニックに陥《おちい》っていた。ミツがこのまま死んでしまったら——と最悪の想像に、目の前が真っ暗になる。よろよろと階段をのぼり、ミツのもとに戻《もど》った。

「祖母ちゃん、祖母ちゃんっ」

ミツは胸を押さえたまま真っ白い顔になり、額に脂汗《あぶらあせ》を滲《にじ》ませている。

「そ、そうだ、救急車……」

ガタガタと震《ふる》えながら握りしめていた携帯を開く。やっと救急車を呼ぶという発想にたどりつき、輝季は一一九番を押した。


運ばれた先の病院で、ミツは精密検査を受けることになった。

かけつけた救急隊員から「おそらく心筋梗塞《しんきんこうそく》ではないか」と言われて輝季は真っ青になったが、受け入れ先の病院に到着《とうちゃく》したころにはミツは意識がはっきりし、胸の痛みはおさまっていた。

ミツをざっと診察《しんさつ》した医師は、青くなっている輝季に穏《おだ》やかな口調でこう言った。

「心筋梗塞の前段階である狭心症《きょうしんしょう》の発作《ほっさ》を起こした可能性が高いと思います。心筋梗塞に至らないために、まず精密検査を受けることをお勧《すす》めしますよ」

いまのところ命に別状はないと言ってもらえ、輝季は安堵《あんど》のあまり腰《こし》が抜《ぬ》けそうになった。

しばらく様子を見るためと、検査のために入院をしてほしいと言われ、総合受付へ行く。言われるままに色々な書類に目を通して必要事項《じこう》を書きこみ、提出した。

ミツはすでに入院病棟《びょうとう》に移されていると聞き、教えられた病室へ向かう。二人部屋の窓際《まどぎわ》のベッドに、ミツは寝《ね》かされていた。

ぐったりと目を閉じているミツの細い腕《うで》には点滴《てんてき》の針が刺《さ》さっている。眠《ねむ》っているのか、小《こ》柄《がら》な体は輝季が近づいても動かなかった。だが生きている証拠《しょうこ》に、胸が上下に動いている。

ほっと息をつき、輝季はしばらくミツの姿を眺《なが》めていた。

点滴はまだ終わるまでに時間がかかりそうなので、電話をかけてこようと思いたつ。道子に連絡《れんらく》しなければならない。電話が繋がらなくとも、メールを送っておけばそのうち気付いてくれるだろう。

そっと病室を出て、総合受付の前を通り過ぎ、病院の外に出る。駐車場《ちゅうしゃ》の片隅《かたすみ》で携帯を取り出した。道子にかけてみたが、やはり電源を切っているらしく、繋がらない。映画がはじまってしまったかもしれない。用件だけを簡単にメールで送った。

送信ボタンを押して、携帯をポケットにしまおうとしたが、ふと晴れた空を見上げて黒宮のことを思い出した。昨夜、マンションを飛び出した時点では、ミツがこんなことになるとは予想もしていなかったが、輝季が偶然《ぐうぜん》にも帰っていなかったらどうなっていただろう？　琴恵に感謝したらいいのか？

琴恵の姿がよみがえり、またもや嫌《いや》な気分になってしまう。ふっ切るようにして頭をふるふると振り、輝季は黒宮の携帯に電話をかけた。

講義中でなければ出てくれるだろう。ミツが入院したと説明して、とりあえず今日はマンションに戻れないと説明しておいたほうがいい。

昨夜、黒宮の制止も聞かずに飛び出してきたが、事情を説明すればわかってくれるにちがいない。もしわかってくれなくて、またおしおきだとか言って輝季をいいように扱《あつか》おうとするなら、毅然《きぜん》とした態度で拒《こば》もう。ミツがこんな状態なのに、快楽にうつつを抜かしている場合ではない。

三回ほど呼び出し音が鳴ったあと、黒宮が出てくれた。

『輝季?』

「はい、俺です」

『いまどこにいる? 飛び出していったきり連絡がなくて、心配したよ』

「えっ……」

心配してくれていた……? どうせ実家に逃げ帰っているだろうと、楽観していたのではないのか?

『なんだ、その意外そうな声は? 心配するに決まっているだろう。君はあのとき、自分がどんな顔をしていたか、自覚がなかったのか? きちんと実家に帰り着けたかどうか確認《かくにん》したかったが、君は携帯の電源を切っていただろう。確かめようがなくて、私は昨夜よく眠れなかった』

「…………うそ…………」

『こんなことで私が嘘《うそ》を言うとでも？　いったいどんな益があるのだ』

「……本当に、俺を心配して……？」

『……不本意ながら、本当だ。ほら、いまどこにいるのか教えなさい。家の中じゃないだろう。車の音がしているぞ』

「先生……」

不本意ながらと言ったとおり、黒宮の声には複雑な気持ちが滲んでいるように聞こえた。

心配してくれていた――。本当に……。

すとんと胸になにかが落ちてきた。とたん、輝季自身でさえ予期していなかった感情があふれてくる。たった一晩、別れていただけなのに、黒宮に会いたくて会いたくてたまらなくなった。あの意地悪すら懐《なつ》かしいと思ってしまう。

「…………せんせい…………」

ほろりと涙《なみだ》が頬《ほお》を伝った。すぐに、ほろほろといくつも涙の粒《つぶ》が転げ落ちる。

一連の事件で張り詰《つ》めていた緊張《きんちょう》の糸が、一気に緩《ゆる》んでしまった。ついでに涙腺《るいせん》も緩んだ。

「せ、せ、せんせぇ～」

どっと涙がこぼれてきて、輝季はしゃくりあげながら「先生」と繰《く》り返した。

『なんだ、泣いているのか？　どうした？』

「どう、どうって……先生ぇ、俺、せんせぇ～……」

『泣いていてはわからないだろう。いいから、いまどこにいるのか言いなさい』

「び、病院……」

『病院？　どこか具合でも悪いのか？』

「俺じゃない。祖母《ばあ》ちゃんが……」

泣きながら、つっかえつつも輝季は事情を説明した。黒宮は一度だけだがミツに会っている。すごく心配してくれた。

『市民病院だな。わかった、すぐに行こう。君はそこで待っていなさい』

「えっ、来てくれるんですか？」

『ミツさんの顔を見たいし、なにより、迎《むか》えに行かなければ君は私の部屋に戻ってきてくれなさそうなのでね』

「それは……」

一瞬《いっしゅん》で琴恵のバスローブ姿が脳裏《のうり》によみがえる。黒宮が来てくれると聞いて、安心したせいもあるだろう、頭の中でそっちのことが急にクローズアップされてしまった。

「先生、昨日、女、女の子、連れこんで、なにしてたんですかっ」

『あれは、君が誤解するようなことではない』

「誤解って、だって、あの人、お風呂《ふろ》に入ったんでしょう？　そういう格好でしたよぉ」

じわぁと新たな涙が滲んでくる。さっきまでとは違《ちが》う種類の涙だ。輝季はえぐえぐと止まらない涙を手で拭《ぬぐ》い、悔《くや》しさと嫉妬《しっと》でいっぱいになる。

「俺が、帰ってくる時間だって、わかってて、ああいうことをするなんて…っ。先生は、ケダモノです。どうしようもない、やり○○です！」

青空を見上げて、輝季は声を上げて泣いた。黒宮が呆《あき》れるかもと頭の隅《すみ》っこでちょっとだけ思ったが、緊張のあとの反動はすさまじく、輝季は自分で制御《せいぎょ》できなくなっていた。

電話の向こうからため息が聞こえてくる。

『いまから行くから、昨日のことを、きちんと話させてくれ。いいね』

黒宮の有無《うむ》を言わさぬ声に、輝季は「……はい」と頷《うなず》くしかなかった。通話を切って、輝季は茫然《ぼうぜん》と外のベンチに座る。いつのまにか涙は止まっていた。

黒宮が来てくれるなんて——。嬉《うれ》しいと思いながらも、実際に黒宮の姿を見るまで、輝季は半信半疑だった。


黒宮との電話を切ったあと、道子と連絡が取れた。ミツの状態を伝えると、さすが看護師は冷静で、いったん家に帰って入院の荷物をまとめてから病院に行くと言う。輝季はミツの病室に戻《もど》り、ベッドの傍《かたわ》らにパイプ椅子《いす》を広げて座った。

もうひとつのベッドの入院患者《かんじゃ》は、さっきは不在だったがベッドに横になっていた。ミツと同年代の女性で、やはりおなじ病気で入院しているらしい。

「お孫さんがついていてくれるなんて、この方は幸せね」

上品な笑顔《えがお》は好感が持てたが、親戚《しんせき》が近くに住んでおらず、見舞客《みまいきゃく》はあまり来ないという話だった。

長い時間をかけて点滴が終わり、看護師が処置をして病室を出ていったのと入れ替《か》わりに、黒宮が来た。スーツ姿で腕に脱《ぬ》いだコートをかけた姿は颯爽《さっそう》として格好よく、輝季は惚《ほ》れ直してしまいそうになる。

さっきも電話で声を聞いて感じたことだが、たった一晩離《はな》れていただけなのに、自分はものすごく恋《こい》しく思っていたらしい。

「遅《おそ》くなってすまない」

「いえ……」

黒宮が歩み寄ってきて、立ちあがった輝季を無言で抱《だ》きしめてくれた。上質なスーツの生地《きじ》に包まれて、輝季はしばし目を閉じる。心細く思って渇《かわ》いていた心が、一気に潤《うるお》っていくようだった。

「ミツさんは？」

「いまは眠《ねむ》っています。発作《ほっさ》は落ち着いて、もう苦しくはないみたいです」

「道子さんとは連絡《れんらく》が取れたのか？」

「取れました。いったん家に戻って、入院に必要なものを持ってくるって」

「そうか」

黒宮がそっと抱擁《ほうよう》を解いた。名残惜《なごりお》しげに輝季は黒宮の胸元《むなもと》を見つめてしまう。ふと視線に気づいて隣《となり》のベッドを見遣《みや》れば、さっきの上品なご婦人が、目を丸くして黒宮を凝視《ぎょうし》していた。黒宮が何者か知っているという顔だ。これはうかつなことを喋《しゃべ》れない。

「外に行きましょう」

病室の外へと促《うなが》し、輝季は入院病棟《びょうとう》の階段近くにある談話室を発見した。おそらく見舞客と入院患者が話をする場所だろう。いまは無人だった。

使い古された感のあるベンチに、輝季と黒宮は斜《なな》めの位置で座った。

「先生、大学の方は……抜《ぬ》けてきて良かったんですか？」

「休講にしてきた。私はめったに休まないから、たまにはいいだろう」

おなじようなことを、輝季をはじめて抱《だ》いて起き上がれなくしたときにも言っていたような気がする。

「輝季、昨夜のことを説明したいのだが」

「あ……はい」

輝季は覚悟《かくご》を決めて頷いた。琴恵のことをどんなふうに言われても取り乱すまいと、決意を固める。膝《ひざ》の上でぎゅっと手を握《にぎ》った。

「昨日、私が帰宅したら、マンションの前に彼女がいたのだ」

「………へっ？」

「伊藤君は、用事があると言って先に帰ったはずだった。それなのに、マンションの前で——しかもずぶ濡《ぬ》れで立っていた。雨など降っていないのに」

「………は？」

なんだ、それは。輝季は唖然《あぜん》とするしかない。黒宮は眉間《みけん》に皺《しわ》を寄せ、難しい顔でため息をつく。

「公園の池に落ちたと言っていた。たまたま私の自宅が近いことを思い出し、助けをもとめて来たと。ものすごく寒そうだったので、私が風呂で温まってきなさいと命じた。あとで家まで送っていくからと」

輝季はぽかんと口をあけて、黒宮の端整《たんせい》な顔をまじまじと見つめた。

「ちょっ、ちょっと待ってください。ずぶ濡れ？　公園の池に落ちた？　なんですか、それは。先生、そんなの信用したんですか。ありえませんよっ」

「まったくありえなくはないだろう。公園の管理者に聞けば、実際、年間数人は池に落ちているに違いない。それがたまたま伊藤君だったとしても不思議ではない。とにかく、私はあのまま帰しては酷《ひど》い風邪《かぜ》をひきかねないと思っただけだ」

納得《なっとく》できない。だが黒宮はこんな下手《へた》な嘘《うそ》をつく男ではないだろう。

それが真実ならば、輝季が目撃《もくげき》した風呂上《ふろあ》がりの琴恵と部屋着の黒宮は、事後などではなかったということか。

「あの人、先生のマンションを知っていたんですか？」

「伊藤君は過去に何度か私を迎えに来てくれたことがあってね。中に入れたのは、今回が初めてだが」

「でも先生、寒そうにしていたからとお風呂を勧《すす》めるのはどうかと思いますよ。あの人、その後の展開を期待したんじゃないですか」

「だろうな。君が帰ってくるなり飛び出してしまったあと、私は伊藤君をすみやかにマンションから出した。タクシーを呼んでもらい、自宅まで送っていったが、伊藤君はものすごく不本意そうな顔をしていたよ」

黒宮はくくく、と意地が悪そうに笑っている。もしかしたら風呂に入れたのは、期待する琴恵に失望感を味わわせるための前フリだったのだろうか。

そうだ、黒宮はそういう意地悪が平気でできる男だった――。

唖然とする輝季に、黒宮が壮絶《そうぜつ》な色気を滲《にじ》ませた流し目を向けてきた。どきっとして、輝季は思わず目をそらす。

「さあ、今度は君の番だ」

「な、なにが、ですか？」

「昨夜、すごい剣幕《けんまく》で飛び出して、実家に帰ってしまった理由を説明してくれないか」

理由？　理由なんて……ただの嫉妬だ。

厚かましくも、輝季はいつの間にか自分は黒宮の特別になったつもりでいた。だから、バスローブ姿の琴恵に愕然《がくぜん》として、猛烈《もうれつ》な怒《いか》りを感じた。

黒宮はただだれかと同居してみたくて輝季を部屋に住まわせただけなのに。たまたま打ち合わせの場に輝季がいただけなのに。セックスしたのはセクハラの延長で、黒宮にとって軽い遊びだったのに――。

全部、わかっていたつもりだったが、根っこのところでわかっていなかった。

本当に、厚かましい。そしてむかむかする。安易に手を出してきた黒宮にも腹が立つが、輝季は自分自身にものすごく怒りが湧《わ》いていた。

「輝季、説明してくれ。どうしてなのか」

「説明、するほどのことではない……と思いますけど」

「どうして？　言ってくれなければ、私はわからない」

本気でわからないといった顔ではない。わかっているくせに、黒宮は面白《おもしろ》がっている。

輝季は悔《くや》しさでますます手をぎゅっと握りしめた。輝季が誤解して怒りと嫉妬《しっと》を抱いたことなど、黒宮にとってはきっとささいなことなのだ。こうしてからかえるていどの、軽い話なのだろう。

こんな人でなしを、なぜ好きになってしまったのだろうか。

趣味《しゅみ》の悪さに、我ながら絶望的な気分になってくる。

「……言いたくありません……」

「どうして？　私はきちんと説明したぞ。君もあの不可解な行動の解説をするべきだ」

「不可解って……先生、俺をからかって楽しいですか」

「からかってなどいない。私は君の口から真実を聞きたいだけだ」

つまり……輝季にはっきりと黒宮を好きになってしまったと、言わせたいのか……？

全身に嫌《いや》な汗《あせ》がじわりとふきだし、輝季は動揺《どうよう》もあらわに視線が泳いでしまう目を、隠《かく》すように して伏《ふ》せた。それなのに、黒宮は下から覗《のぞ》きこむようにしてくる。

「輝季？　ほら、言いなさい。なぜ飛び出していって実家に帰ったのだ？」

これはセクハラを越《こ》えている。ほとんど拷問《ごうもん》に近いのではないだろうか。負けたくない。

輝季はぐっと奥歯を噛《か》みしめた。そんな輝季を見て、黒宮は「ふむ」としばらく考える。

「もしかして、伊藤君とごゆっくり、という意味でいなくなったのか？」

「えっ？」

「気を利《き》かせたとか」

しれっとした顔でとんでもなく的外れなことを言われ、輝季はついカッとなった。

「そんなわけないでしょう。俺たちの家に女を連れこまれてキレたに決まっているじゃないですかっ！　どうして俺が、先生とあの女のために気を利かせなくちゃいけないんですか、馬鹿《ばか》馬鹿《ばか》しい！」

怒鳴《どな》っているうちに昨夜の衝撃《しょうげき》の光景が脳裏《のうり》によみがえり、ますます頭に血が上った。

「あんな、あんな姿を見せられて、俺がどんなにショックを受けたかわかりますか。先生にとって、俺なんかただの暇《ひま》つぶしだったかもしれませんけど、そんなふうに割り切れるわけがないじゃないですかっ！」

「伊藤君は私のことをずっと前から好きだったそうだ」

「だからどうして、いまここで、そういうことを言う必要があるんです！」

「君は私のことを嫌《きら》いなのか？」

「好きですよ！」

病院内だということも忘れて、輝季は声を限りに叫《さけ》んだ。

「好きじゃなきゃ、あんなに何度も寝《ね》ません！　そのくらい、先生はわかっていたでしょう。どうしてそんなに意地悪ばっかり言うんですかっ。先生、ひどいです……」

猛烈に悲しくなってきて、わっと涙《なみだ》があふれてきた。輝季がぼろぼろと泣いているのに、黒宮は肩《かた》を揺《ゆ》らして笑っている。

「やっと言ったな」

このうえなく楽しそうな声でそう言うと、黒宮はいきなり輝季を抱《だ》きしめてきた。ぎゅうぎゅうと腕《うで》で締《し》めあげられて、輝季は苦しさにもがくはめになった。おかげで涙は止まった。

「輝季、私のことが好きか」

「……………好きです……………」

ものすごく悔しいが、それが真実なので認めざるを得ない。輝季は渋々《しぶしぶ》ながら頷《うなず》いた。

「そうか」

黒宮は見惚《みと》れるほどの艶《つや》やかな微笑《びしょう》を浮《う》かべ、そっとくちづけてきた。いったいどうしてこういう展開になるのか、輝季にはさっぱりわからない。輝季が「好きだ」と言葉にしたから、ご褒美《ほうび》のようにキスしてくれるのだろうか。

「んっ、ん……」

軽いキスはすぐに深くなり、輝季は夢中になって舌を絡《から》める。黒宮との関係はもう終わりかもと憂慮《ゆうりょ》していただけに、キスしてもらえて嬉《うれ》しい。

ついさっきまで怒りに熱くなっていたのに、あっという間に違《ちが》う熱に塗《ぬ》り替《か》えられてしまった。

「あ、んっ、ん」

黒宮の舌が逃《に》げようとするのを、輝季は懸命《けんめい》に追いかける。体のそこかしこで火種がともった。胸の突起と足の間が、熱くなっている。

「あ、せんせ、あ……」

離《はな》れていく唇《くちびる》を追いかけようとしたが、かなわない。火を点《つ》けられた体をもじもじとさせながら、輝季は恨《うら》めしげに黒宮の涼《すず》しい顔を睨《にら》んだ。

「さて、私はそろそろ大学に戻《もど》るよ」

「えっ？」

するりとベンチから降り立ち、黒宮は何事もなかったような澄《す》ました表情で腕時計《うでどけい》を見る。

「午後一の講義はどうしても休めなくてね。それだけ済ませてくる。君は道子さんが到着《とうちゃく》したら交替《こうたい》して、私のマンションに戻ってきなさい。いいね」

完全に命令だ。横暴だとか一方的過ぎるとか、言いたいことは山ほどあったが、それよりも股間《こかん》が大変なことになっている。輝季は勃起《ぼっき》したそこを手で押さえ、縋《すが》るように黒宮を見つめた。

「先生、これ、どうにかしてくださいよぅ」

「自分で処理しなさい」

「えーっ、ここ病院ですよ？」

輝季が情けない声を上げると、黒宮はこのうえなく楽しそうな笑顔《えがお》になった。

「一泊《いっぱく》とはいえ、勝手に実家へ帰ったおしおきだ。病院のトイレで自慰行為《じいこうい》に励《はげ》み、素敵《すてき》な思い出を作ってくるといい」

「先生っ」

黒宮は笑いながら颯爽《さっそう》と談話室を出ていってしまった。残されたのは、病院内でありながらそこを勃《た》たせてしまい、途方《とほう》に暮れた顔をした輝季だけだった。


入院に必要な荷物を作って持ってきた道子は、輝季の顔を見るなり「黒宮様にきちんと謝っていらっしゃい」と言った。ミツも道子も、輝季が悪いと決めつけている。

その黒宮が見舞《みま》いに来たと告げると、二人とも輝季に対して大ブーイングだ。

「どうして起こしてくれなかったの、輝季」

「どうして引きとめなかったのよ。会いたかったわ」

「いざというときに使えない孫だね、ほんと」

「私の息子《むすこ》のくせに、気が利《き》かないったら」

さんざんな言われようだ。だが、談話室で濃厚《のうこう》なキスをしてしまい、そのあげくに勃起がおさまらなくてトイレで処理した輝季としては、二人になにを言われても罪悪感のあまりなにも言えない。

病院のトイレで……しかもミツが寝ている入院病棟《びょうとう》のトイレで……黒宮の舌の動きを反芻《はんすう》し

ながら扱《しご》いてしまった。これは確かにおしおきだ。輝季はとうぶんのあいだ、病院のトイレは使えそうにない。

「道子、ちょっと荷物を見せてよ。あら、こんなパジャマを持ってきたの？」

「それしかなかったわよ」

「そんなはずはないわ。どこを探したの」

ミツはあの苦悶《くもん》の表情はなんだったのかと疑ってしまうほど元気で、道子が持ってきた荷物の中身にいろいろと文句をつけはじめた。二人がなんやかやといつものように喋《しゃべ》っている光景を見て、輝季は日常の大切さをしみじみと感じる。

ミツが無事でよかった——今日何度目かの感謝の気持ちをまた感じていると、ミツと道子がほぼ同時に振《ふ》り返る。

「輝季、いつまでここにいるつもり？　さっさと帰りなさい」

「帰るっていっても、恩田の家じゃないよ。黒宮様のところだからね」

「なにをしでかしたのか知らないけど、きちんと謝って、許してもらいなさい」

「許してもらうまで帰ってきちゃだめだよ」

「そうよ。敷居《しきい》をまたがせないからね」

似たもの親子は輝季がうんと言うまで延々と説得口調で続ける気らしく、うるさくて「ああもう、わかったよ」と頷くしかない。自分が悪かったと反省したポーズを取ってみせたら、ミッと道子は満足そうな笑顔になった。

「じゃあ、またなにかあったら電話するから。あんたは仕事を全《まっと》うしなさいよ」

道子にポンと背中を叩《たた》かれて、そのままの勢いで輝季は病室を出た。

背後で道子が、ミツと同室の老女に、輝季が出版社に勤めていて仕事で黒宮とはつきあいがあることを手短に説明しているのが聞こえた。黒宮の姿を見てしまってから、ずっと事情を聞きたそうにしていたから、それに気付いて話したのだろう。

輝季はひとつため息をつき、黒宮のマンションに戻るべく、病院をあとにした。


マンションにたどり着いたがエントランスで一瞬《いっしゅん》、躊躇《ちゅうちょ》した輝季に、管理人が穏《おだ》やかな笑みで声をかけてきた。

「恩田様、黒宮様はもう戻られていますよ」

「あ、はい。そうですか……」

管理人には、琴恵が来たときに飛び出していったところを見られている。どうにもバツが悪くて、目を合わすことができなかった。そそくさと通り過ぎてエレベーターに乗る。

ぴかぴかにきれいなエレベーターは、輝季をすぐに黒宮の部屋がある階に運んでくれた。

塵《ちり》ひとつ落ちていない通路。出かけるとき、帰ってくるとき、輝季はここを幾度《いくど》となく通った。気後《きおく》れしていたのは最初の数日だけだ。そのうち慣れて、まるで十年以上も住んでいるマンションであるかのように通っていた。

気後れしなくなったのは、おそらく黒宮の態度が自然だったからだろう。

セクハラが頻繁《ひんぱん》にあったが、住まわせてやっているんだからといった傲慢《ごうまん》な空気は一切《いっさい》なく、なんとなく家事は分担してやるようになり、友人と同居しているような雰囲気《ふんいき》になっていた。

黒宮と一緒《いっしょ》に暮らすことに違和感《いわかん》がなくなっていたのだ。

だからだろうか、たった一晩の留守だったのに、懐《なつ》かしく感じる。

ふと通路の途中《とちゅう》で立ち止まり、輝季は憂鬱《ゆううつ》なため息をついた。

病院の談話室で、どうして正直な気持ちを吐露《とろ》してしまったのだろうか……。

誘導《ゆうどう》されて言わされたようなものだが、「好きですよ！」と叫《さけ》んでしまったあの瞬間《しゅんかん》に戻って、自分をぶん殴《なぐ》りたい。黒宮は笑っていた。確か「やっと言ったな」と言いながら。

輝季の気持ちの変化など、百戦錬磨《ひゃくせんれんま》の黒宮には手に取るようにわかっていたということだろうか。それで、からかってやろうか、という鬼畜《きちく》な発想が？

病院のトイレで虚《むな》しく処理をした記憶《きおく》が、右手に生々しくよみがえってくる。また大きくため息をつき、のろのろと玄関《げんかん》に向かった。ドアの前に立ち、またすこし逡巡《しゅんじゅん》する。黒宮は帰宅していると管理人から聞いたが、合鍵《あいかぎ》を使って玄関を開けてもいいのだろうか。

どうしようかな——と迷っていたら、不意にドアがガチャリと開いた。中から顔を出したのは、当然のことながら家主の黒宮だ。笑顔はない。眉間《みけん》に皺《しわ》を寄せ、上から睨みつけていた。

「遅《おそ》い」

一言投げつけられたかと思ったら、輝季は黒宮に腕《うで》を摑《つか》まれ、玄関の中に引っ張り込まれた。

「君がエントランスを通ったと連絡《れんらく》があってから、何分待ったと思う。君の歩みの速度がこれほど遅いとは知らなかった」

「……すみません」

考え迷いながらだったので何度も立ち止まっていた。黒宮がまさか待っているとは思ってもいなかったから。

「さて、病院で言ったことは間違《まちが》いないな？」

「えっ……」

いきなりそれか。黒宮は逃がさないぞという意思表示か、輝季の腕を摑んだままだ。ソファに座る黒宮に引っ張られる格好で、しかたなく輝季も隣《となり》に座った。

「輝季は私を好きだと言った。確かにこの耳で聞いたと思うのだが、あれは白昼夢だったのか？」

「………いえ、現実です………」

輝季は絶望的な気分になりながら認めた。ここで、あれは夢だとか幻聴《げんちょう》だとか言い張っても、無駄《むだ》なあがきだ。

さあ、黒宮はどうからかってくるのかと、悄然《しょうぜん》としながら待っていると——。

「奇遇《きぐう》だな。私もだ」

「へっ？」

間抜《まぬ》けな顔で、輝季は黒宮のまっすぐな目を見返した。からかっている雰囲気ではない。もしこれが冗談《じょうだん》だったなら、黒宮は天才的な詐欺師《さぎし》だ。

「その意外そうな顔が、君は最高にいいね」

「えっ……と、あの、それって……」

やっぱりからかっているのか？

冷静に考えるため、じりじりと近づいてくる黒宮と距離《きょり》を置きたいと思ったが、摑まれたままの腕が逆に引き寄せられてしまう。

「病院でやっと言ってくれたときは、嬉《うれ》しかったよ」

強引《ごういん》に抱《だ》きしめられた。笑顔の黒宮が輝季の頰《ほお》にチュッチュッとキスの雨を降らせてくる。

「あ、あう、ちょっ、待っ……」

まともに話ができなくて、キスをやめてもらおうとしてもなかなかやめてくれない。もがいているうちに、キスはとうとう唇《くちびる》を塞《ふさ》いできた。

「う、んっ」

すぐに歯列を割られ、器用な舌が侵入《しんにゅう》してくる。舌を絡《から》め取られ、上顎《うわあご》を舐《な》められて、輝季はすぐに全身をとろんと蕩《とろ》けさせてしまった。

「あのあと、病院内で処理したのか？」

ところが内緒《ないしょ》ごとのように耳元でそう囁《ささや》かれ、冷水を浴びせられたように目が覚める。病院のトイレで虚しく扱いたことを思い出し、輝季はカッと首まで赤くなった。なにも言わなくてもその様子で察したらしく、黒宮は楽しそうにくくくと喉《のど》で笑う。

「君が辛《つら》そうに病院のトイレで擦《こす》っている光景が目に浮《う》かぶようだな。じゅうぶん、おしおきになっただろう？」

「なりましたっ」

「だったら、もう二度と勝手に実家に戻《もど》らないことだ」

「でも……」

輝季の同居は黒宮の原稿《げんこう》が出来上がるまでの暫定《ざんてい》的なものだ。原稿の進み具合をまったく知らないが、辻ノ上と出版を約束している以上、黒宮はそのうち書き上げることだろう。

「ミツさんの具合が心配なときは、私に断って様子を見にいけばいい。絶対に帰るなと言うつもりはない」

輝季の憂《うれ》い顔を、黒宮はミツの容体を気にしてのことだと解釈《かいしゃく》したらしい。

「私に無断で帰るなと言いたいだけだ。昨夜のようにカッとなって飛び出すのは論外だ。わかったね」

「……はい」

こくんと頷《うなず》いた輝季に、黒宮はまたキス攻撃《こうげき》をしかけてくる。面白《おもしろ》半分にしてはしつこい。

「あ、あの、先生」

「なんだ。私はいま忙《いそが》しい」

「さっき、私もって言ってくれましたけど、あれって、本当ですか？」

「疑っているのか？」

キスをやめて、黒宮は輝季の瞳《ひとみ》を覗《のぞ》きこんでくる。ここで確かめておかなければうやむやになってしまいそうだと、かなり必死のつもりなのに、黒宮の顔のアップはついいうっとりしてしまうほどの魅力《みりょく》があった。

「う、疑いますよ。だって、いままでの言動がひどかったじゃないですか。俺をからかったりいじめたり、信用をなくすことばかりでしたっ」

「そんなつもりはなかったのだがね。私はいつも君をかわいがっているだけだった。最初から輝季のことは気に入っていたから」

さらっと重大なことを言われ、あやうく聞き流してしまうところだった。

「俺を気に入っていた？　最初から？」

「一目で気に入った。辻ノ上さんにくっついて現れたときからね」

黒宮はふわっと優《やさ》しい笑《え》みを浮かべ、驚《おどろ》いている輝季の鼻先にちょんとキスを落としてきた。

じん、と感動するくらい、愛情を感じるキス。

「先生……ホントに……？」

「手元に置いて、思う存分かわいがりたいと思った。だから原稿を条件に同居したいと頼《たの》んだのだ」

「思う存分……って……」

「かわいがったつもりだ」

黒宮は自信を持って言い張る。愛情表現が歪《ゆが》んでいる——と思うのは、きっと輝季だけじゃない。

「第一印象から良かったが、同居してみて確信した。君は私が探し求めていた家族だと。一緒に暮らしてみて、その違和感のなさに嬉しくてたまらなかった。こんなに毎日が楽しかったのは、生まれてはじめてだった」

「先生……」

愛《いと》しそうに頬を寄せられ、輝季は胸がいっぱいになってきた。

「君もなんだかんだと楽しそうだったし、抱《だ》いても感じてくれたから、同じ気持ちだと思っていた。でもなかなか口に出しては言ってくれないから、いつ想《おも》いを告げてくれるのかと、いまかいまかと待っていたのだ」

すごい自信だが、黒宮なら許せてしまう。それだけのものを持っている男だ。輝季はまんまと好きになってしまったし。

「病院でとうとう言ってくれたときは、最高の気分だったよ」

「だったらどうして、おしおきなんてするんですか」

「君の困った顔がかわいいからだ」

悪びれることなくきっぱりと言い切られ、輝季はなんとも複雑な心境になる。

「さあ、病院での続きをしよう」

「えっ？」

軽々と抱きあげられ、輝季は慌《あわ》てて黒宮の首にしがみついた。どこへ向かうのかと聞くまでもなく、黒宮はベッドルームを目指している。やる気満々の黒宮がちょっと怖《こわ》くて、輝季は悪あがきと知りつつ、制止してみた。

「先生、まだ夜じゃありません」

「すぐ夜になるさ」

「俺は同意していません」

「すぐに同意するだろう？」

否定できないところが悔《くや》しい。ほかになにか止めるネタはないかと慌てて頭の中をひっくり返していて、ふと重大なことに気づいた。

「あのあの、俺ってば昨日、お風呂《ふろ》に入っていません。汚《きたな》いですっ」

「汚い？　そうか？」

黒宮が輝季の胸元《むなもと》に顔を近づけ、鼻でくんくんと匂《にお》いを嗅《か》いできた。悲鳴を上げそうになった輝季だ。

「昨日の夜、実家に帰ったときは母も祖母も寝《ね》ていたんです。だからそっと自分の部屋に入って、そのまま寝てしまったから……っ」

「べつに匂わないが？　気になるのか？」

「すっごく気になります」

「そうか。では私が洗ってあげよう」

黒宮はくるりと方向転換《てんかん》し、バスルームへと向かった。


病院のトイレで処理してから時間がたっているが、それでも今日は二度目になる勃起《ぼっき》が、はやくも限界を迎《むか》えようとしていた。バスルームで壁《かべ》に向かって立たされ、輝季は全身を泡《あわ》だらけにされて洗われている。

黒宮の両手は輝季の感じるところばかりをねちねちと弄《いじ》るので、もう足が萎《な》えそうで立っていられない。乳首《ちくび》を捏《こ》ねられたり抓《つね》られたり、うなじを延々と舐め回されたり。それなのに肝心《かんじん》の性器にはちっとも触《さわ》ってもらえていない。

勃《た》ちあがって先端《せんたん》から透明《とうめい》な液体をたらしている輝季の性器は、放置されて泣いているようだった。

「あ、あ、あ、せんせ、も、だめ、も……っ」

「私は洗っているだけだぞ。なに情けない声を出しているのだ？」

「あ、だっ、て、あっ、そこ、もうやめて、やめてぇ」

「そことはどこだ？」

「ち、ちくび、やめて、やめ……」

「乳首を洗うのは終わりにしてほしいのか？」

輝季はこくこくと必死で頷いた。そこは感じすぎてたまらない。いまにもへなへなとバスルームの床《ゆか》に座り込んでしまいそうなほど、下半身に力が入らなくなっていた。

それに、ずっと弄られていたら腫《は》れてきて、もう痛みを発している。

「ではどこを洗えばいい？」

「……もう、いいです」

はやくいかせてほしいと催促《さいそく》するセリフが躊躇《ちゅうちょ》なく言えるような性格なら、輝季はぐるぐると悩《なや》むことはなかっただろう。腰《こし》をもじもじと蠢《うごめ》かすと、腫れた性器が卑猥《ひわい》に揺《ゆ》れる。その光景を楽しそうに黒宮が後ろから覗きこんでいることに、輝季は気付いていなかった。

「ここはどうだ？」

ほしかった。
指を入れてほしい。黒宮の長くてきれいな指で、疼《うず》いているそこを広げるようにして解《ほぐ》して
蠢いて愛撫《あいぶ》を待っていることは、恥《は》ずかしくて言えなかった。
臀部《でんぶ》を鷲摑《わしづか》みにされて、ぐにぐにと揉《も》まれた。谷間の奥はまだ触られていない。ひくひくと
「あっ」

いっそのこと自分の指を挿入《そうにゅう》してしまおうか？　でも黒宮の見ている前で、そんなことはできない。やれと命令されれば、やるけれど……。

くっと唇《くちびる》を嚙《か》みしめて衝動《しょうどう》に耐《た》えていると、耳元にふぅと黒宮のため息がかかった。

「君はなんて効果的に私を煽《あお》るのだろうね。たまらないよ」

「えっ？」

ときどき、黒宮は輝季の痴態《ちたい》をそう評するが、まったく身に覚えがないことをそんなふうに言われても戸惑《とまど》うばかりだ。なんのことかと一瞬《いっしゅん》きょとんとしたときに、後ろの窄《すぼ》まりにぐいっと細いものが入ってきた。指だ。黒宮の指の形は、もう覚えている。粘膜《ねんまく》を解すように広げられて、とろけるような快感に立っていられなくなる。

「あ、あ、せんせ、も、あ、い、いく、いっちゃ……」

前を擦《こす》られなくても、後ろへの刺激《しげき》だけで達してしまいそうだ。

でも指でいくのは嫌《いや》だった。黒宮ときちんと体を繋《つな》げたい。

ただのセクハラで輝季を構っていたわけではなく、おなじ気持ちだったと知ってはじめてのセックスなのだ。

場所が常軌《じょうき》を逸《いっ》しているような気がするが、高ぶった体はもう止まらない。ここで中断してベッドに移動するのは無理だった。

「お願、せんせ、そこに、ください、お願い……っ」

「輝季……」

耳にかかる黒宮の呼気が荒《あら》くなっている。裸《はだか》の黒宮の素肌《すはだ》が熱く感じた。さっきから臀部に当たっている硬《かた》いものは、黒宮の屹立《きつりつ》だと思う。それがほしかった。

「ひとりでいくのは嫌です。お願いします、そこに——あ、あ、あ、あ、あーっ」

指が抜《ぬ》かれたのと入れ替《か》わりに、大きなものがあてがわれ、一気に押し入ってきた。粘膜を押し広げて、やや強引《ごういん》に侵入《しんにゅう》してくるものは、黒宮の欲望《よくぼう》。いつもより大きくて硬いのか、受け入れることに慣れているはずのそこが苦しい。

全身から力が抜けて、ついに立っていられなくなった。繋がったままがくりと膝《ひざ》をつきそうになったが、黒宮の腕《うで》が軽々と輝季を支える。

「あ、うっ……ん！」

そのまま後ろから突《つ》き上げられて、輝季は脳天まで貫《つらぬ》かれるような錯覚《さっかく》に、押し出されるようにして射精してしまっていた。

あまりの快感に声もなく全身を痙攣《けいれん》させる輝季を、黒宮は容赦《ようしゃ》なく揺さぶる。すぐにふたたび兆《きざ》してきて、輝季は泣きながら、自分を抱《かか》え上げている黒宮の腕に爪《つめ》をたてた。

「あ、いや、深い、ああっ、せんせ、そんな……」

「嫌か？　こうされるのは嫌なのか？」

嫌じゃない。ぜんぜん嫌じゃない。でも怖い。感じすぎて怖い。

勝手に体が暴走している感じだ。黒宮をきゅうきゅうと締《し》め付け、奥へと誘《さそ》うように収縮しているのがわかる。

誘う動きに逆らうようにして黒宮が屹立を抜くと、粘膜が切なく喘《あえ》いだ。そして、ぬかるんだ窄まりを力強く貫かれると、目が眩《くら》むほどの快感に嬌声《きようせい》がこぼれる。

全神経が黒宮一色に染まっているようだった。輝季の世界は黒宮だけになる。

「輝季、君は本当に素晴《すば》らしい……」

感じ入ったような黒宮の声に、輝季は震《ふる》えるような喜びを覚えた。いっそう快感が強くなったようで、気が遠くなりそうになる。

「輝季……っ」

体の奥で黒宮が弾《はじ》けたのがわかった。注ぎこまれる情熱に、輝季は陶然《とうぜん》とする。黒宮が首筋にいくつものキスをしてくれた。

「輝季、今夜は寝かさないよ」

熱い吐息《といき》まじりの囁《ささや》きに、輝季は素直《すなお》に嬉《うれ》しいと思ってしまった。

想《おも》いが通じ合ったからといって、輝季の生活は変わらない。黒宮の態度も特に改まらなかった。ささいな意地悪は日常茶飯事《さはんじ》で、輝季が困ったり怒《おこ》ったりすると、黒宮はとても嬉しそうな笑顔《えがお》になる。

「本気で俺のことを好きなら、もう意地悪しないでくださいっ」

輝季が抗議《こうぎ》しても、黒宮は涼《すず》しい顔だ。

「君がかわいいからいけない。ついちょっかいを出したくなる」

「だからって……」

「ここに住むと約束してくれたら、もう余計なからかいはやめよう。どうだ、もう決心はついたか？」

変化があったとすれば、長期的な同棲《どうせい》への誘いだろうか。

いまのところ輝季は、黒宮の原稿《げんこう》が出来上がってしまったら実家に帰ることになっている。黒宮はその後もこのマンションに住めばいいと言ってくれているが、輝季はまだ頷《うなず》いてはいなかった。

「君は私と一緒《いっしょ》にいたくないのか？」

「いたいけど……。ただの編集者が先生と同居していたら、みんなが変に思いますよ」

「そんなこと、言わなければわからないさ。私は別にカミングアウトしてもかまわないがね」

黒宮にとって世間の評判はたいして比重が重くないらしい。好きな研究ができればよくて、テレビのコメンテーターなんかはどうしても続けていきたいわけではないのだろう。

大学とて、もしセクシャリティが原因で立場が悪くなるようなら、辞《や》めてもいいとあっさりしている。働かなくても生活に困らないほどの資産があると聞いた。

「ええと、それはまた今度話しあいましょう。行ってきます！」

まだ出社する時間には早かったが、輝季は同棲話から逃《のが》れるために玄関《げんかん》を出た。黒宮は追いかけてくる様子はなかったが、今夜帰宅したらおなじ話題を振《ふ》られるに決まっている。本当にどうしようか――。

「恩田様、行ってらっしゃいませ」

エントランスに常駐《じょうちゅう》している管理人に見送られて、輝季はツジ出版へと向かった。

実家からの距離《きょり》に比べたら、黒宮のマンションは驚《おどろ》くほど職場に近い。通勤距離の短さは、同棲話の魅力《みりょく》のひとつでもあった。電車でわずか五駅という近さなら、朝の殺人的なラッシュにも耐えられる。まあでも編集部は九時五時の勤務ではないので、ラッシュを意図的に避《さ》けて出勤することは可能だ。

しかし今朝は早く出てきてしまったので、ラッシュに揉まれることになった。肺が潰《つぶ》れそうな満員電車に揺《ゆ》られること十数分。高田馬場で下りて、ツジ出版のビルまで歩く。一番乗りかなと思っていたが、なんと社長でもある編集長の辻ノ上がいた。

「おはようございます」

「よう、テルちゃん。おはよう。早いな」

「編集長こそ早いですね」

びっくりしながら近づいた輝季だが、辻ノ上のぼんやりした顔にうっすらと無精《ぶしょう》ひげが生えていることに気づいた。身につけているシャツはよれよれだ。

「もしかして、ここに泊《と》まったんですか？」

「もしかしなくてもそうだよ」

「急ぎの原稿なんて、ありましたっけ？」

首を捻《ひね》る輝季を、辻ノ上がまじまじと見つめてきた。

「テルちゃん、もしかして知らないのか。黒宮先生が昨日、完成原稿を送ってきてくれたんだが……」

「えっ？」

それは知らなかった。黒宮は一言もそんなことは言わなかったから。

辻ノ上は眠《ねむ》そうな目をしょぼしょぼさせながら、片手で頭をかいた。

「その様子じゃあ、原稿は読んでないな」

「まったく読んでいません」

「届いてすぐ読みはじめて、すぐに漫画家《まんがか》に連絡《れんらく》とって、校正にまわして、デザイナーを選んで……ってやってたら、朝になってた」

辻ノ上はふぁぁと大きなあくびをする。この人は本当に編集という仕事を愛しているのだなと感心した。

黒宮の原稿がいつのまにか完成して辻ノ上に渡《わた》っていたということは――輝季がもうあのマンションにいる理由はなくなってしまったわけだ。

実家に帰るか、それとも留まるか……。

でもなぜ黒宮は、原稿が完成していることを輝季に話さなかったのだろうか。

「ところで、テルちゃん」

「はい」

「黒宮先生に捧《ささ》げちゃったわけ？」

「へっ？」

ぎょっと目を剝《む》いて輝季は辻ノ上を振り返った。辻ノ上はニヤニヤと笑いながら、無精ひげが生えた顎《あご》を指先で擦っている。

見透《みす》かされているように感じるのは、実際、黒宮と真面目《まじめ》なお付き合いというものをはじめてしまっているからだろうか。輝季はじわりと背中に嫌な汗《あせ》をかいた。

まさか、黒宮が辻ノ上に喋《しゃべ》った？　でも今朝の様子では、まだだれにも話していないように見えたが。

「捧げるって、なんのことですか」

輝季は嘘《うそ》が下手《へた》だ。自覚しているが、簡単に認めたくなかった。

黒宮を好きになってしまったことは、もう仕方がないし、恥《は》ずべきことだとか、考えを改めなければとは思っていない。

でもそれと、同性の恋人《こいびと》ができたことをおおっぴらにすることとは別だ。特に辻ノ上は亡き父の友人で、祖母や母と交流がある。黒宮のことを家族にいつか打ち明けなければならないだろうが、辻ノ上の口から暴露《ばくろ》されるのだけは勘弁《かんべん》してほしかった。

「やられちゃったってことはわかってるけど、その後も続いているんだろう？　もう身も心も先生のモノ？」

「……なんのことか……わかりません……」

「テルちゃん、ココにあやしげなものがついてるよ」

辻ノ上が自分の首を指先でとんとんと叩《たた》いて示す。輝季はいったいなんのことかとしばし考え、ハッと思い至った。慌《あわ》てて両手で首を覆《おお》い、あたふたと周囲を見回す。

「か、鏡、鏡は……」

「はい」

辻ノ上が手品のように手のひらサイズの鏡を差し出してくれた。輝季はありがたく借りて、教えられたあたりを見てみる。赤いあざのようなものが、服で隠《かく》れないところにいくつか見えた。こんな首で呑気《のんき》に電車に乗って出社してきたのかと、輝季は羞恥《しゅうち》のあまり卒倒《そっとう》しそうになった。

「あーあ、かわいがられちゃってんだねぇ。テルちゃんも大人になったんだ」

「な、な、なんのことですかっ」

あくまでも認めないぞと、輝季は涙目《なみだ》になりつつ鏡を返した。

「これは、虫に刺《さ》されたんです」

「夏でもないのに？」

「地球温暖化の影響《えいきょう》で、虫は一年中、活動しています」

言い捨てて、輝季は辻ノ上の前から逃《に》げ出した。せっかく早く出社したが、このままでは仕事なんてできない。

「テルちゃん、どこへ行くんだ？」

「コンビニです！」

輝季はビルを飛び出し、一番近いコンビニに駆《か》けこんだ。目的は絆創膏《ばんそうこう》。不自然でもとりあえず貼《は》って、見えないようにしておかなければ。

無事に絆創膏を買うことができてから、輝季は道端《みちばた》で黒宮に電話をかけた。

「先生、どうして教えてくれなかったんですかっ」

『なんのことかな？』

通話状態になった瞬間《しゅんかん》に怒鳴《どな》った輝季に、黒宮は冷静な対応をしてくる。まるで予期していたような態度に、輝季は頭からカッカと湯気を噴《ふ》きそうなほど腹を立てた。

「首のあとのことですよ。編集長に見られちゃったじゃないですかっ」

『教えようと思っていたが、君は逃げるように出かけてしまったからね。そうか、辻ノ上さんに見つかったか。ちょうどいいじゃないか。説明する手間が省けた』

「俺はしらばっくれましたから、いいですか、絶対に認めないでくださいよ」

『もう気付かれているのに？』

「認めたらおしまいです！」

『私の気持ちを否定するのか？』

「どうしてそういう方向に話を持っていくんですか。それとこれとは違《ちが》います。話をややこしくしないでくださいよ。あ、そうだ、もうひとつ。原稿《げんこう》が完成したことを、俺にも報告してほしかったです。編集長に直接送っちゃうなんて、ひどいじゃないですか」

原稿のためにひどいセクハラに耐《た》えていたのだ。そのうちセクハラはセクハラではなくなったわけだが、一言教えてくれてもよかったと思う。

『君の怒《おこ》っている顔が目に浮《う》かぶようだ』

ああぁぁ、また楽しんでいる……。神様、この人をどうにかしてください……。

「俺、先生の原稿を一番先に読みたかったです」

実際の担当は辻ノ上だが、これだけかかわってきたのだからその権利はあると思う。そう主張した輝季に、黒宮は意外なことを言った。

『君は原稿が出来上がるまでの約束で私のマンションにいた。その原稿が出来上がってしまったと知ったら、実家に帰ると言いだすのではないかと、私は危惧《きぐ》していただけだ』

「先生……」

いつも自信満々の黒宮が、そんな心配をしていたとは驚《おどろ》きだ。

『このまま一緒《いっしょ》に暮らしていくと君が約束してくれたら、原稿が終わったことは言おうかと思っていた』

「でもそんなの、いつまでも秘密にしておけませんよ。編集長が動けばすぐにわかります」

現にもう発覚している。黒宮は計算高いのか、読みが甘いのか、よくわからないところだ。

『それで、どうするつもりだ？　実家に戻《もど》るのか？』

黒宮と暮らすのは嫌《いや》じゃない。でも輝季は自分に自信がなかった。モテる黒宮が、いつまで輝季を構ってくれるのか……そのうち飽《あ》きるんじゃないか……そう思うと、同棲《どうせい》に踏《ふ》み切る勇気が出ない。

『もしかして、私が一回りも年上であることがひっかかっているのか？　三十年後か四十年後に介護《かいご》をしなければならないから躊躇《ちゅうちょ》しているとか？　だが私が先に介護が必要な体になるとは限らないだろう？』

あまりにもぶっ飛んだ想像に、輝季はうっかり携帯《けいたい》を落とすところだった。

「介護って、先生、そんな先のことはわかりませんよ。なにを考えているんですか」

『考えるさ。私は君を離《はな》すつもりはない』

つまり、そんな年になっても一緒にいようと、そういうことか。

「先生……」

輝季はじんと胸を熱くしてしまった。黒宮は真剣《しんけん》に輝季を欲《ほっ》してくれているらしい。信じてみようか。自分に自信がないという性格的なことは、これから克服《こくふく》していけばいいのかもしれない。

輝季は覚悟《かくご》を決めた。

このまま黒宮のマンションで暮らそう。今度の休みの日に、実家へ荷物を取りに行こう。当座の着替《きが》えくらいしか持ってきていないので、もうすこし自分のものを移動させたい。

「あの、俺……」

決意を口にしようとしたら、答えを迫《せま》っていたはずの黒宮が話題を変えた。

『そうだ、君はさっき、大変な忘れ物をしていったぞ』

「忘れ物？　なんですか？」

心当たりがない。大変な忘れ物なんて、しただろうか？

『行ってらっしゃいのキスがなかった』

「先生、実はバカでしょ……」

がっくりと脱力《だつりょく》し、輝季は出版社のビルの外壁《がいへき》によろりと倒《たお》れた。感動したさっきの純粋《じゅんすい》な気持ちを返してくれと言いたくなる。

『バカ？　私が？　君は本当に面白《おもしろ》いことを言うね』

黒宮はくくと笑っている。楽しませようとして言ったわけではないのに……。

『キスの忘れ物をしたことと、私にバカと言ったこと、この二点についてのおしおきを考えておこう』

「ちょっ、ちょっと待ってください。どうしてこんなことくらいでおしおきされないといけないんですかっ」

『私が楽しいから』

黒宮はきっぱり言い切り、ますます嬉《うれ》しそうな笑い声をたてている。

「勘弁してくださいよ。昨日だって、お風呂《ふろ》に先に入ったからとかなんとか理由をつけて、おしおきしたじゃないですか……」

昨夜、黒宮はテレビの出演があり、帰宅が遅《おそ》かった。平日だったこともあり、翌日のことを考えて輝季は先に風呂を使い、さっさと寝《ね》ようとしていたのだ。そこに黒宮が帰宅した。どうして待っていなかったのかと、黒宮は不機嫌《ふきげん》になったが、帰りを待っていなければならないなんて決まりはなかったはずだ。

唖然《あぜん》としているうちにリビングのソファに押し倒され、おしおきと称《しょう》してさんざんエッチなことをされたのだ。

「先生のおしおきは、方法として間違《まちが》っているように思うんですけど……」

どこの世界のならわしだろうか、おしおきがエッチ限定なのは。

『私は間違っていない。君は最後に泣きながら謝罪していた。おしおきとして正しいという証《しょう》拠《こ》ではないか』

「あれは、だって」

『言い訳は聞かない。さて、私はそろそろ講義の時間だ。今夜、話の続きをしよう』

そう言って、きちんと話の続きなんてできたためしはない。だいたいセックスになだれ込んでしまうから。黒宮は年のわりに精力旺盛《おうせい》だと思う。一回りも年下の輝季よりもずっとずっと元気なのだ。持久力も回復力も、怖《こわ》いくらいにすごい。

「あの、先生、今夜はできたら、おしおきは控《ひか》えめにしてもらいたいんですけど……」

毎晩のように抱《だ》かれていては、体の負担が大きい。昨夜、何度も黒宮をくわえこまされた後ろは、いまだに異物感がなくなっていない。そこを力強く抉《えぐ》る硬《かた》くて熱いものを思い出すと、なんだか変な気分になってきてしまうほどだ。乳首《ちくび》も延々と嬲《なぶ》られていたせいか、腫《は》れがおさまらず、シャツに触《ふ》れただけですこし痛い。

黒宮にほどこされた愛撫《あいぶ》の数々は、完全に体に記憶《きおく》されている。

その記憶を薄《うす》めるためには、数日のインターバルがほしい。充実《じゅうじつ》し過ぎている夜の生活を控えめにしてほしいと、たびたびお願いしているのだが――。

『控えめ？　どんなふうに？』

「えーと、なにかエッチ以外のことに替《か》えるとか……」

『そうだな――それでは、いまキスをしてもらおうか』

「はぁ？」

電話中なのにキスしろと？　黒宮は頭の中に虫でも湧《わ》いたのだろうか。

『ほら、チュッとしなさい。チュッと』

それか。輝季は慌《あわ》てて周囲を見渡《みわた》す。ビルの前、植え込みの横で電話をかけていた。道行く人はみんな先を急いでいるようで、輝季に注意を払《はら》う者はいない。

だれも見ていないのなら、キスの音を立てるくらいいいか、そんなことでセックスが回避《かいひ》できるなら。

輝季は携帯電話《けいたいでんわ》に唇《くちびる》を押しつけた。わざと音をたてて、チュッとしてみる。

やってしまってから、輝季はカーッと耳まで朱色《しゅいろ》に染めた。恥《は》ずかしい。こんなところ、誰《だれ》にも見られたくない。

『よくできました』

「……はい」

二度とゴメンだと、輝季は胸の中で呟《つぶや》いた。『頑張《がんば》って仕事をしてきなさい』という保護者のようなセリフのあと、通話は切れた。

輝季はやれやれと携帯をポケットにしまい、編集部に戻るべくビルの玄関《げんかん》を振《ふ》り返り——硬《こう》直《ちょく》した。なんとそこに、辻ノ上が立っていたのだ。タイルの壁《かべ》にもたれ、人の悪そうなニヤニヤ笑いを浮《う》かべながら、輝季を眺《なが》めている。

見られた。全部見られて聞かれた。輝季は青くなり、すぐに赤くなり、動揺《どうよう》もあらわに視線を泳がせた。

「やっぱり黒宮先生とデキ上がっちゃったんだね。隠《かく》すことないよ」

「あ、う、その、これは……」

「テルちゃん、親同然の僕に、内緒《ないしょ》にすることはないじゃないか」

「いや、あの、俺は……」

隠したいです、できれば編集部の先輩《せんぱい》たちには言わないでください、母と祖母にはもっと言わないでください。

言いたいことお願いしたいことは山ほどあるのに、上手《うま》く言葉が出てこない。辻ノ上のご機《き》嫌《げん》な様子が怖かった。

「テルちゃん、黒宮先生の原稿《げんこう》さぁ、とっても面白かったんだよね。絶対に売れると思う。去年の本より売れそうだ」

「それは、良かったです……」

「できれば第三弾《だん》も出したいなぁ」

辻ノ上は笑顔《えがお》でありながら眼光鋭《するど》く、輝季を見下ろしてくる。

話の行きつく先が見えていたが、弱みを握《にぎ》られた身としては、最後まで聞かなくてはならないだろう。

「黒宮様に精一杯《せいいっぱい》ご奉仕《ほうし》して、原稿を書かせてくれないかな」

やっぱり……！　輝季は憂鬱《ゆううつ》を隠しもせずに、辻ノ上を恨《うら》めしげに見上げた。

「それは先生に次の原稿を依頼《いらい》するということなんですか」

「テルちゃんがベッドでかわいらしく頼《たの》めば、先生は喜んで書いてくれるんじゃないの？」

「それは……どうでしょう……」

書くだろうか。まあ、書くだろう。黒宮はもともと原稿を書く仕事は嫌《きら》いではないらしいから、頼めば書きそうだ。

だが完成までのあいだ、輝季はどれだけ黒宮に性的なご奉仕をすればいいのか——見当もつかない。

「じゃあ、そういうことで、黒宮先生には僕から正式に依頼しておくよ。それで、テルちゃんの体は好きにしていいですからって言っておくから、頑張ってね」

「えっ？　好きにしていいって、そんなの、俺の人権は？　あまりにも横暴じゃないですか？」

「テルちゃん」

辻ノ上はにっこり微笑《ほほえ》み、輝季の肩《かた》に手をポンと置いた。

「原稿を前にして、編集者に人権なんてないんだよ」

愕然《がくぜん》としている輝季をビルの前に置いて、辻ノ上はさっさと中に戻《もど》っていってしまう。

輝季はあまりのショックにしばらく動けなかった。


その日、帰宅した輝季は、「辻ノ上さんが、君のことを好きにしてもいいと言ってきた」とうきうきしている感じの黒宮に玄関で捕《つか》まり、あっという間にベッドルームに連れこまれ、朝まで濃厚《のうこう》なあれこれをされたことは、言うまでもない。

よろよろのがくがくにされた輝季だが、それでも黒宮を嫌いになることはできず、週末、実家から荷物を運び入れたのだった。

おわり

あとがき

こんにちは、はじめまして、名倉和希と申します。

ルビー文庫でははじめての本になります『恋のルールは絶対服従！』を手に取ってくださって、ありがとうございます。

どうでしたでしょうか？　頑張《がんば》って鬼畜《きちく》なS様を書いてみました。まだまだ甘いですか？　私は攻《せ》めがヘタレになってしまう話が多いので、最後まで強気に書けた今回の黒宮様は、自分的には立派なSです。とりあえず。

黒宮様と両想《りょうおも》いになったテルちゃんは、きっと苦労すると思います。モテまくる旦那《だんな》を持った妻のような状態でしょうか？　しかも旦那は妻が嫉妬《しっと》に燃える姿を見てニヤニヤ笑うような嫌《いや》な奴《やつ》です。誤解を生むような状況《じょうきょう》を見せつけ、あえて言い訳をしないとか、作中にやらかしたようなことを、またいろいろやりそうです。

黒宮様はそんな面倒《めんどう》くさい嫌な奴なんだけど……テルちゃんはやっぱりMなので、いじめられても耐《た》えて、ちょっぴり優《やさ》しくされてめろめろになり、ベッドであんあん言わされてきれいさっぱり苦悩《くのう》を忘れてしまうという——破《わ》れ鍋《なべ》に綴《と》じ蓋《ぶた》カップルと呼ばせてもらいましょう。

さて、今回のイラストはじめて組ませていただくタカツキノボル先生です。いつも他の作家さんの本で素敵《すてき》なイラストを拝見させていただいていました。一緒《いっしょ》にお仕事ができて、とっても嬉《うれ》しいです。お忙《いそが》しい中、ありがとうございました。

担当さま、お世話になりました。はじめてのお仕事がなんとかスムーズに終わって、良かったです。電話での上品な話し方から想像していたとおり、イベントでお会いした担当さまは若くておしとやかな女性でした。うふふ。

名倉は信州の田舎《いなか》で暮らしています。この本が出るころは、冬真《ま》っ只中《ただなか》でしょうね。今年はどれだけ雪が降るかな？　その様子やお仕事情報、同人誌のことなどをブログに書いていますので、もしよろしければ覗《のぞ》いてみてください。「Nakura 的な日々」で検索《けんさく》してくだされば、出てくると思います。

それではまた、どこかでお会いしましょう。

名倉和希

KADOKAWA RUBY BUNKO

恋《こい》のルールは絶対服従《ぜつたいふくじゆう》！

名倉和希《なくらわき》

角川ルビー文庫　R 142-1　16674

平成23年2月1日　初版発行

発行者——井上伸一郎
発行所——株式会社角川書店
東京都千代田区富士見2-13-3
電話/編集(03)3238-8697
〒102-8078
発売元——株式会社角川グループパブリッシング
東京都千代田区富士見2-13-3
電話/営業(03)3238-8521
〒102-8177
http://www.kadokawa.co.jp
印刷所——旭印刷　製本所——BBC
装幀者——鈴木洋介

ISBN978-4-04-455040-0　C0193　定価はカバーに明記してあります。

KADOKAWA RUBY BUNKO

角川ルビー文庫

いつも「ルビー文庫」を
ご愛読いただきありがとうございます。
今回の作品はいかがでしたか?
ぜひ、ご感想をお寄せください。

〈ファンレターのあて先〉

〒102-8078 東京都千代田区富士見 2-13-3
角川書店 ルビー文庫編集部気付
「名倉和希先生」係

天使の甘い誘惑
――僕、頑張って誘惑の仕方を覚えますから。
黒崎あつし
Atsushi Kurosaki
イラスト／佐々成美
オトナな脚本家×内気な甥っ子の、
胸キュン♥家庭内恋愛事情!
引っ込み思案の優真は、同居中の血の繋がらない
脚本家の叔父・翔惟に片想いをしていて…。

ルビー文庫

水上ルイ
イラスト／明神 翼
ロイヤルマリアージュは永遠に
ワインをかけられて興奮するなんて、
なんて淫らなソムリエだろう――。
水上ルイ×明神翼が贈る
超美形王子様×新米ソムリエのロイヤルロマンス！
見習いソムリエの准也は、欧州の小国で超美形のアレクシス公と出会い、強引に専属ソムリエに抜擢されて…？

ルビー文庫